Der Puppenspieler

Heidi Lepies

Der Puppenspieler

Gedichte über Kindesmissbrauch

Impressum

© 2007 Heidi Lepies

Herstellung und Verlag: Books on Demand GmbH, Norderstedt

Umschlaggestaltung, Satz und Layout: Martin Schülbe
Lektorat: Sven Michael Schreivogel
Autorenfoto: Antje C. Schumacher, MB-Media Verlag, Witzenhausen
Titelfoto: Heidi Lepies

ISBN 9783837002003

Bibliografische Information der Deutschen Bibliothek

Die Deutsche Bibliothek verzeichnet diese Publikation in der
Deutschen Nationalbibliografie; detaillierte bibliografische
Daten sind im Internet unter http://dnb.ddb.de abrufbar.

Inhalt

Vorwort

Es fällt mir schwer, über dieses Thema der Ohnmacht zu schreiben. Was kann ich tun, um mich auf den nächsten Seiten nicht zu verlieren? Ich habe meine Zeilen gewählt, um Euch begreiflich zu machen, wie schwer dieses Leben am Abgrund der Lust ist.

Warum lassen wir zu – jeden Tag aufs Neue –, dass es passiert? Unternehmen nichts, und hoffen dennoch, dass es irgendwann vorbei geht.

Ich habe nicht vor, zu warten, zu flehen und um Verständnis zu betteln. Ich gehe sie an, diese Brutalität der Pädophilen. Ich werde mich mitteilen, werde das Tabu der Abartigkeit brechen; spreche das Thema geistiger Krankheit an.

Ich soll schweigen? Dann gebt mir einen Strick.

Kampf

Du musst kämpfen
um zu gewinnen
niemals solltest du
daran denken aufzugeben

Du sollst weinen
um dich zu befreien
aber weine nicht aus Selbstmitleid
es wird dich zerstören

Es gibt Momente
da glaubt man, tief zu fallen
du musst dich erinnern, wach auf
denn du hattest auch schöne Tage

Hoffnung steht für all das
das du erreichen kannst
Hoffnung steht auch für dich
halt fest an deinen Erinnerungen

Und du wirst kämpfen, um zu gewinnen

Mutter

Ich träumte
dass du kommen würdest
um mich zu retten

Ich hoffte
ich weinte
ich hasste

Weil du niemals kamst

Joker

Als er sich zu dir setzte
und mich zwang zuzusehen
als er dir sagte, es sei sein Spiel
habe ich mir geschworen
eines Tages auf dem Rücksitz
seiner Objektivität Platz zu nehmen

Mit einem Strick in der Hand
zwinge ich ihn, diese Schreie zu entfernen
die du in meine Seele eingebrannt hast

Leckerei

Mit deiner Zunge
bist du eingedrungen
in kindliche Träume

Deine Männlichkeit in der Hand
entferntest du den Druck
erregter Krankheit

Mit deiner Zunge
bist du eingedrungen
in kindliche Unschuld

Bettgeflüster

Was war das für ein Gefühl
deinen triefenden Körper
auf den meinen gepresst
deine Worte, gekeucht
in meine Ohren

Bin daran zerbrochen
als du mir sagtest
dass das Liebe sei

Entstellt

Manchmal
frage
ich
mich
warum
du
mich
in
diesem
Zustand
hast
weiterleben
lassen

Hättest doch den Rest von mir gleich mit beseitigen können

Freistoß I

Als du dich zu ihr legtest
an jenem Abend
deinen Körper eng an den ihren gepresst
als du ihr sagtest, sie sei das Schönste, was du je gesehen hast

Als du ihr deine Liebe geschworen hast, auf ewig
da begann sie zu verstehen
dass es nie vorbei sein wird
dieser Freistoß in kindliche Gefilde

Dreck

Manchmal sehe ich die Leichen
die Hüllen aufeinander gestapelt
in Richtung Nirgendwo

Sie hatten diese Träume
eines Tages auszubrechen
aus dieser Zwanghaftigkeit

Wollten stark sein, irgendwann
um leben zu können
Nun liegen sie da

Aufgestapelt
durchnummeriert
wartend auf Erlösung

Kopfschuss

Ihr Körper
umgeben von Leblosigkeit
längst gestorben
an unrealistischer Macht

Mit der Nadel im Arm
entflieht sie dem Drang
der Erinnerung
kann nicht vergessen

Nun sitzt sie da
und wartet
auf den nächsten Schuss

und dann, vergisst sie sich für kurze Zeit

Vater

Du legtest dich zum Schlafen
an ihrer Seite
Glaubtest, sie freut sich
über deine Nähe

Es gab diesen einen Moment
an dem ihr alles zuviel wurde
Sie hasste den Augenblick
an dem du ihren Körper erstochen hast

Die Klinge

Die Klinge
in deinen Arm gedrückt
entfernst du den Druck
bitterer Erinnerung
Bist gebrochen vor vielen Jahren

Die Klinge
holt dich zurück
für einen kurzen Moment
Dann fällst du zurück
in endlose Verbitterung

Deine Träume
nicht gleich zu setzen
mit den Träumen
der Anderen

Unscheinbare Veränderungen
die es dir ermöglichen
für einen kurzen Moment
zu atmen
Ich wünsche dir, sie werden sich erfüllen
Eines Tages ...
Damit du leben kannst
Ohne Klinge

Saftfluss

Verzweifelt hockt sie da
mit dem Messer in der Hand
ein letzter Gedanke
an dich

Onaniertest in kindliche Träume
hast das viele Blut nicht mehr gesehen

Traurig liegt sie da
mit dem Messer in der Hand
ihr letzter Gedanke
eine abartige Perversion

Puppenspieler

Was hast du gedacht
frage ich mich
nachdem du die Hände
an ihren Hals gelegt hast

War es Angst
die dich dazu bewegte
sie zu verbannen
stapeltest sie zu den anderen:

deine Trophäe

Wie eine Puppe, streichelst ihr
noch einmal über die Wange
deine Lust klebt an ihren Beinen
Durchnummerierter Abschaum

Dein Schritt zurück im Nirgendwo
Wünsche, dass er kommt, der Moment
an dem du mit einem Strick
um deinen Hals der Realität

entgegenbaumelst

Freistoß II

Dunkelheit umgibt mich
auswegslos ist meine Situation
der Schatten auf meiner Seele
ist zu groß, um ihn zu vertreiben
ich versuche, dieser Grausamkeit zu entfliehen
wann endlich werde ich ankommen
gegen den Schmerz
auf Knopfdruck bereit zu stehen
für deinen Freistoß
in kindliches Fleisch

Schlachtfeld

Ich habe Angst
mich zu erinnern
zu fallen
in dieses triste Grau

Laufe auf Asphalt
von Kinderleichen bedeckt
sie starben, wie ich
an egoistischer Geilheit

Nun liegen sie da
mit euren Säften beschmutzt
und warten auf Erlösung

Roboter

Mit diesem Lachen in den Augen
glaubte er, unsterblich zu sein
er wollte kämpfen

Unrealistische Phantasiegestalten
durchkämmten seine Träume
er war gewappnet

Nun steht er vor dir
der kleine Krieger
er lacht nicht mehr
hast ihn zerstört

Sein ferngesteuerter Körper
auf Knopfdruck bereit
für einen erneuten Angriff
auf wehrloses Fleisch

Trugschluss

Jeden Abend schleichst du
an sein Bett
legst deine Hände
auf seinen Körper
und glaubst
er freut sich

Was, wenn er eines Abends
an deinem Bett steht
seine Hände
um deinen Hals legt
und glaubt
er erlöse dich

?

Was ist
wenn er fällt, eines Tages
was, wenn er flieht
aus seiner Erinnerung
wenn er es nicht aufhalten kann
dieses Gefühl, fliegen zu müssen
was, wenn er springt
eines Nachts
weil er fliegen wollte
in irreale Phantasien
was, wenn er uns verantwortlich macht
für sein Zerbrechen

Vertrieben

Als du zu ihr gestiegen bist, eines Tages
in das Land kindlicher Phantasie

Als du ihre Hose von den Beinen gerissen
dein Glied in sie gequetscht

Wusstest du da schon
dass sie nicht zurückkehren wird

Ins Leben

Der kleine Krieger

Ich habe ihn lächeln sehen, vor einiger Zeit
bevor er dort oben mit seinem Schicksal gehadert hat
er hat es nicht ertragen, das Gefühl, das du ihm gabst
er wollte kämpfen, mit den Rittern seiner Phantasie

Den Schild vor seine Brust gedrückt
war er gewappnet gegen all das Böse
als du ihm mit deiner Männlichkeit zu nahe kamst
da ist er zerbrochen

Sie haben ihn eingeholt
die Gedanken deiner lüsternen Perversion
gestern, bevor
er gesprungen ist

Strom

Taumelnd
bewegt sie sich vorwärts
vorbei an all den anderen
verloren sich selbst

Zertrümmert
von bloßer Arroganz
wurde erschlagen
mit deiner Lust

Nun treibt sie
unter uns, verloren
zwischen dem Gelächter
der Zivilisation

Lebenslänglich

Hast du gesehen
ihre kindliche Scham
gespürt
ihre Angst

Deine Geilheit
in ihrem Gesicht
gezeichnet
auf ewig

Wie, verdammt, soll sie
jemals vergessen
wenn sie all die Bilder
vor Augen hat

Ein Leben lang

Seelen-Mord

Bilder
eingebrannt in ihre Seelen
Fingerabdrücke
eingeschweißt auf ihrer Haut
Ihre kleinen Körper
missbraucht
Bombardiert
mit Macht
Ausgeliefert
dem Drang sexueller Erregung
Sie starben, einst
an unzumutbarer Perversion

Niederlage

Regentropfen
in deinen Augen
hast nie geweint

Die Narben
auf deiner Seele
zu tief

Hast gekämpft, gegen ihn
gehofft, gefleht, und doch
immer wieder verloren

Ausverkauf

Da steht sie nun
mit dieser Starre im Gesicht

Verbitterte Gleichgültigkeit

Sie ignoriert die Blicke der Arroganz
und wartet hier, am Rande des Untergangs

Bettelt, um den nächsten Flug finanzieren zu können
der sie vergessen lässt
für kurze Zeit

Mitwisser

Ich hatte Angst, es dir zu sagen
doch nun ist er gekommen
der Moment, an dem ich
dir all das Schlechte wünsche

Weil du es zugelassen hast
dass er seiner Befriedigung
freien Lauf lassen konnte

Blutbahn

Das Blut
an ihren Beinen
bahnt sich den Weg
in unrealistische Welten

Sie fliegt nicht mehr
Sie träumt nicht mehr
Dein Körper
ist zu eng an den ihren gedrückt

Sie wartet auf Erlösung
auf deinen Schrei
der ihr sagt, dass es vorbei ist
wenigstens für einen kurzen Moment

Wendepunkt

Ich höre sie schreien, ganz laut
sie wollte tanzen, eines Tages
mit dem Wind
ihren Träumen entgegen

Raus aus der Realität

Du hast ihn ihr genommen
den Traum von ewiger Freiheit
in dem Moment, als du
deinen harten Körper auf sie legtest

Handwerk

Hast du in ihre Augen gesehen?
Sie wusste, dass er da war
der Moment, an dem sie gehen musste

Sie hatte keine Kraft, deine Hände zu vertreiben
sie hat ihn noch kurz gespürt
den Schmerz deiner Lust

Sie nahm es mit
dieses Gefühl der Hilflosigkeit
atemlos, auf ihrem Weg ins Nirgendwo

Traumfänger

Manchmal, da träume ich
ich könnte sie schützen
diese kleinen Körper
vor monströsen Kreaturen

Könnte sie bewahren
vor dieser Pein
entreiße sie
aus den Träumen der Anderen

Hohn

Mutig und entschlossen
zwang ich dich, mich zu befreien
von diesen schmerzhaften Augenblicken
mit dir

Mit einem Messer in der Hand
schrie ich der Vergangenheit entgegen
wollte, dass du sie von mir abkratzt
deine Lust

Es war dein Lachen, das mich zwang
das Messer in meine Brust zu drücken
voller Hoffnung
der Erlösung entgegen zu fliegen

Vorbei an den vielen Püppchen
die aufgestapelt und durchnummeriert die Straße säumen

Friedhof

Die Schreie der Vernunft
peitschen mir entgegen
wie gelähmt stehe ich
in Einsamkeit gehüllt

Habe nicht vor, mich zu verlieren
schwierig, bei den vielen Leichen
die aufgestapelt vor mir liegend
um Hilfe schreien

Anklage

Schmerzhafte Erinnerungen
Tränen, und das Gefühl
als Kind schon versagt zu haben

Wie ich mich fühle?
Für euch eine unwichtige Frage
war ja noch klein

Habe den Schmerz verdrängt
jahrelang, und nun
das Erwachen

Ich

Weißt du, wenn
ich Flügel hätte
würde ich dich mitnehmen
auf meinen Flug
in irreale Phantasien
um dich zu schützen
vor dieser Gestalt

Würde schweben mit dir
in eine bessere Zeit
es wird vergehen
vielleicht
eines Tages
dieses Gefühl
der Machtlosigkeit

Vielleicht
wirst du dich retten können
in ein besseres
Du

Überlebt

Was sollen sie tun
um uns begreiflich zu machen
wie sie leiden

Mich hat doch bis heute keiner verstanden

Als ich sagte, er habe mich ermordet
mit seiner krankhaften Geilheit
da wurde ich belächelt

Ich stand ja auch vor ihnen, als ich das sagte

Vorwurf

Manchmal, wenn
ich in die Augen eines Kindes blicke
frage ich mich, was ihr gesehen habt
in den meinen

War es eine Aufforderung
mich zu zerstören

Farblos

Er sagte: Wenn er groß ist, wird er fliegen
Er wird malen, mit allen Farben der Welt
Schön bunt sollte es sein
Er sagte es zu glücklichen Zeiten

Als du mit deiner widerlichen Ignoranz
seine farbenfrohe Welt zerstört hast

da malte er Grau

Urteil

Schuldig bist du
der sich verging
an kindlicher Unschuld

Schuldig bist du
der sie quälte
und vertrieb aus dieser Welt

Schuldig sind wir
die sie nicht hinderten
an ihrem Sprung

Verirrt

Ich bin geflohen
aus dem Leben der Realisten
wollte ich selbst sein können
unter den Phantasten

Habe es nie geschafft
meinen Erinnerungen zu entkommen
wollte fliegen
um zu entfliehen

Sie holten mich ein
diese widerlichen Küsse
ich werde ihnen entkommen
im Reich der Phantasten

Aus

Hast du seine Augen gesehen
die Traurigkeit erkannt, kurz bevor er ging
seine Angst gefühlt, seine Melodie
auf die er tanzen wollte, eines Tages

Sie ist längst erloschen

Idiot

Schade
dachte ich
als deine Worte
wie Peitschenhiebe
meine Ohren
durchdrangen

Nichts
an Intelligenz
vorhanden
sonst wären
deine Worte
behutsam

Und nicht
wie Messerspitzen
ausgeworfen

Schlagwort

Wie Faustschläge
erklingen deine Worte
zu laut, zu hart

Hast nie überlegt
zu egoistisch

Hast geglaubt, er erträgt es
hast geglaubt, er ist stark

Schwach bist du
der es nötig hat
mit deinen Fäusten
auf seine Ohren zu schlagen

Reaktion

Wer gibt uns das Recht
sie mit Füßen zu treten
ich freue mich auf den Tag
an dem sie mit ihren Fäusten
um Antwort betteln

Knick

Manchmal
da möchte ich fliegen
oder gehen
aus dieser egoistischen Welt

Was habe ich davon
wenn ich täglich Menschen zerbrechen sehe

Kinderfabrik

Ich bin verzweifelt
weil ich sehe
was ihr nicht erkennt

All die traurigen Augen

Diese egoistischen Hüllen
im Konsum erstickt
sie funktionieren wie Maschinen, für euch

Traurig, wenn sie unsere Zukunft sind

Wertvoll

Deinen Handabdruck
auf seiner Wange
er hat es verdient, sagst du
und versuchst, dich zu erklären

Er mit seinen leeren Augen glaubt dir
dass er es wert ist
geschlagen zu werden

Wortgefecht

Hast versucht, mit ihm zu reden
wortgeballte Schläge auf seinen Körper
du wolltest, dass er zu dir spricht

Und als er dann sprach, hast du
seine hilflosen Tritte nicht verstanden
die Striemen, geballten Hasses auf seinem Körper

Ausdruck fehlender Kommunikation

Blaue Augen

Warum
schlägst du ihn
jeden Tag
frage ich dich

Leg
doch gleich
deine Finger
um seinen Hals

Damit würdest du ihm
seinen Kummer ersparen

Bumerang

Es kommt der Moment
da schlagen sie zurück
Fäuste geballten Hasses
der Erinnerung entgegen

Und dann
fragt nicht warum

Kissenschlacht

Friedlich
schlummernd
in seinem Bett
zufriedenes Lächeln

Er ahnt nicht
was gleich passiert
er spürt nichts
vertraut dir

Bis du das Kissen
auf sein Gesicht drückst
nur kurz
dann wird es still

Erziehungssache

Du glaubst
mit deinen Fäusten
seine schlechten Angewohnheiten
aus ihm rausprügeln zu können

Du irritierst mich
Du prügelst sie ihm doch ein

Gruft

Ich möchte euch
in eine Kammer sperren
damit ihr dieses Elend erkennt
und diese Angst verspürt

Möchte euch zeigen
wie hart das Leben ist
mit all diesen Bildern

Wie pervers es ist
dieser Macht einfach ausgeliefert zu sein

Wie tot

Lebenslüge

Mit Falschheit
überschüttest du die
die es ehrlich meinen
mit dir

Warum begreifst du nicht
dass du, wenn du es ehrlich meinst
mit Falschheit überschüttet wirst

Vater

Du legtest dich zum Schlafen
an ihrer Seite
Glaubtest, sie freut sich
über deine Nähe

Es gab diesen einen Moment
an dem ihr alles zuviel wurde
Sie hasste den Augenblick
an dem du ihren Körper erstochen hast

Nachwort

Ich habe lange überlegt, ob ich dieses Buch veröffentlichen soll. Aber dieses Thema ist ein Teil meines Lebens. Dass dieses Buch jetzt erschienen ist, verdanke ich den Menschen, die daran geglaubt, mich dazu ermutigt und schließlich auch unterstützt haben.

Ich bedanke mich bei meinem besten Freund Sven Schreivogel für die unzähligen Stunden, in denen er mir Mut zusprach; bei Marie-Luise, die mich in vielen kritischen Momenten auffing; bei meinem Lebensgefährten Stephan, der mich mit seinem Verständnis und seinen liebevollen Worten begleitet hat; und bei meiner Sponsorin Tanja Münch, die mir sagte, wie wichtig es ist, dieses Thema der Ohnmacht anzusprechen.

Und ich danke meinen beiden Kindern, die mir jeden Tag aufs Neue zeigen, wie wundervoll jeder einzelne Augenblick ist, an dem sie mich teilhaben lassen; an ihren Träumen.

Der liebevollen und engagierten Zusammenarbeit mit Sven und dem Journalisten Martin Schülbe ist es zu verdanken, dass dieses Buch fertiggestellt wurde.

Sandro Brandenberger
Nichtraucher in 10 Tagen
Der einfache Weg aus der Abhängigkeit

Bibliografische Information Der Deutschen Bibliothek:

Die Deutsche Bibliothek verzeichnet diese Publikation in der
Deutschen Nationalbibliografie; detaillierte bibliografische
Daten sind im Internet über <http://dnb.ddb.de> abrufbar.

Nichtraucher in 10 Tagen
Der einfache Weg aus der Abhängigkeit
Sandro Brandenberger
Medizinische Beratung: Dr. A. Milano

Herstellung: Books on Demand, Norderstedt
ISBN 978-3-8370-5527-6

Inhaltsverzeichnis

Einleitung und
Bedienungsanleitung

Tag 1

Liebe Leserin, lieber Leser

Auf jedem Päckchen Zigaretten können Sie nachlesen: „Rauchen gefährdet die Gesundheit", oder: „Zigaretten verursachen Krebs."

Ist doch seltsam: Kein anderes Konsumprodukt mit diesem Aufdruck hätte auf dem Markt eine Chance. Oder würden Sie eine Limonade kaufen, auf deren Verpackung steht: Warnung: Dieses Getränk verursacht Krebs?

Sie wissen, dass Rauchen süchtig macht und dass Teer, Nikotin und viele weitere Gifte Ihre Gesundheit gefährden.

Warum also rauchen Sie? Warum zerstören Sie Ihren Körper und geben dafür im Laufe der Zeit auch noch ein Vermögen aus? „Nichtraucher in 10 Tagen" liefert Antworten auf diese und andere Fragen.

Die Tatsache, dass Sie dieses Buch in den Händen halten beweist, dass Sie sich endlich aus der Nikotinabhängigkeit befreien wollen.

Der vorliegende Ratgeber hilft Ihnen, dieses Ziel zu erreichen. In nur zehn Tagen werden Sie in der Lage sein, sich aus den Fängen der Zigarettensucht zu befreien. Vielleicht erscheint Ihnen dieses Versprechen ein wenig gewagt? Keine Bange: Lesen Sie weiter und lassen Sie sich überzeugen!

Ziel Nichtraucher

Überlegen Sie kurz, wie es heute aussieht: Rauchen verursacht ein schlechtes Gewissen, und es ist nicht besonders erfreulich, als Raucher ständig Schuldgefühle gegenüber sich selbst haben zu müssen. Sie realisieren das schädliche Abhängigkeitspotenzial von Zigaretten. Sie sehnen sich danach, endlich frei und selbstbestimmt leben zu können. Nicht mehr rauchen zu müssen, das wäre die grosse Erlösung.

Ihr Kopf realisiert also, wie schädlich das Rauchen ist. Ihr Bauch weiss aber um die gute Wirkung einer Zigarette. Darum fühlen Sie sich ohne Zigaretten auch nicht wohl.

Diese unterschiedlichen Empfindungen von Kopf und Bauch verursachen in jedem Fall Stress. Das Resultat: Ob Sie rauchen oder nicht, Sie sind nicht zufrieden. Ein Teufelskreis, der immer mehr an Ihrer Substanz zehrt. Ausser Sie durchbrechen ihn.

Aufhören mit Willenskraft

Die meisten Menschen glauben, das Rauchen aufzugeben sei hart und anstrengend. Das stimmt jedoch nicht unbedingt. Der Kern ist vielmehr: Viele Leute wissen nicht Bescheid über die psychischen und physischen Mechanismen, die bei der Nikotinabhängigkeit zusammenspielen.

Wie befreien Sie sich nun aus dieser Tabak-Zwangsjacke? Nur mit dem Willen aufhören zu rauchen, ist kaum zu schaffen. Erst wenn Bewusstsein und Unterbewusstsein – also Kopf und Bauch – am gleichen Strang ziehen, verlieren Sie die Lust am Rauchen – und zwar einfach so. Der Verzicht auf Zigaretten bedeutet dann keine Qual mehr, Sie hören auf zu rauchen ohne sich anstrengen zu müssen.

Wenn Sie diese vielfältigen Mechanismen durchschauen, brauchen Sie auch vor einem Rückfall keine Angst mehr zu haben. Ganz im Sinne von: „Erkenne deinen Feind und du wirst ihn leicht besiegen." Genau das ist das Ziel dieses Ratgebers: Kopf und Bauch zu veranlassen, in die gleiche Richtung zu ziehen, damit Sie das Rauchen ohne Strapazen beenden können. Tatsächlich fanden fast alle Raucher, die mit diesem Buch den Ausstieg schafften, die Entwöhnung sei leichter oder viel leichter gewesen, als sie befürchtet hatten.

Gebrauchsanweisung

Jeder Raucher hat seine ureigenste Geschichte, und so ist es auch nicht verwunderlich, dass „normale" Nichtraucherliteratur, also Bücher und Broschüren, die alles und jeden in den gleichen Topf werfen, auf die Dauer keinen Erfolg versprechen. Es wird praktisch nie auf die persönlichen Verhältnisse des Lesers eingegangen. Dabei ist es schlicht unmöglich, Regeln aufzustellen, welche für alle gelten. „Nichtraucher in 10 Tagen" geht einen etwas anderen Weg:

Dieser Ratgeber ist wie ein Kurs aufgebaut. Einige Kapitel bestehen aus einem Textteil, den Sie mindestens einmal durchlesen, und einem Übungsteil. In diesem werden Sie jeweils kleine Aufgaben erledigen oder sich gewisse Gedanken notieren. Sie werden also nicht nur passiv konsumieren (lesen), sondern immer wieder Ihre eigenen Gedanken notieren. Weil Sie diese direkt in dieses Buch schreiben, entsteht so ein Werk, welches 100% auf Sie persönlich zugeschnitten ist.

Auf diese Weise wird es Ihnen möglich sein, nach zehn Tagen mit dem Rauchen aufzuhören. Ganz entspannt und ohne Panikgefühl.

Der Nichtraucher-Report besteht aus insgesamt zehn Kapiteln. Sie werden jeden Tag ein Kapitel durcharbeiten. Vier Dinge sind hierbei wichtig:

1. Arbeiten Sie **pro Tag** nur immer **ein Kapitel** durch, und nicht mehrere
2. Arbeiten Sie **jeden Tag** ein Kapitel durch, unterbrechen Sie den Kurs nicht

3. Nehmen Sie sich die **Zeit** und die **innere Ruhe**, die jeweiligen Tageskapitel seriös durchzugehen
4. **Rauchen Sie** während des Kurses **ganz normal** weiter, wie Sie das immer schon getan haben

Die einzelnen Tageslektionen sind so angesetzt, dass Sie bei normaler Lesegeschwindigkeit täglich maximal 45 Minuten brauchen, um eine Lektion zu absolvieren. Das könnte natürlich dazu verleiten, mehr als ein Kapitel pro Tag erledigen zu wollen – tun Sie das nicht. Ihr Kopf und vor allem der Bauch brauchen Zeit, um vom jetzigen Zustand, einem undeutlichen Wunsch, eigentlich gerne Nichtraucher zu sein, bis zum genauen Ziel „Jetzt packe ich es an!" zu gelangen. Wenn Sie dieses Buch zu schnell durcharbeiten, geben Sie sich selbst dazu keine Gelegenheit.

Machen Sie sich bewusst, dass Sie mit dem Rauchen nicht einfach so nebenbei aufhören können. Das „Projekt Nichtrauchen" muss seriös vorbereitet werden. Das bedeutet natürlich Arbeit. Aber der Aufwand lohnt sich, denn so stellen Sie sicher, dass es diesmal endlich klappt. Immerhin handelt es sich um eine Angelegenheit, die Ihr ganzes zukünftiges Leben – selbstverständlich positiv – verändern wird. Haben Sie in den nächsten zehn Tagen keine Zeit, um dieses Programm in Ruhe durchzuarbeiten, dann starten Sie mit den nachfolgenden Kapiteln lieber ein wenig später. Schieben Sie den Start aber nicht auf die lange Bank.

Arbeiten Sie die einzelnen Tageslektionen sorgfältig durch. Am besten reservieren Sie sich aus diesem Grund für die nächsten zehn Tage feste Termine – wenn möglich jeden Tag um die gleiche Zeit – an denen Sie die einzelnen Kapitel bei voller Aufmerksamkeit aufnehmen können.
Sorgen Sie dafür, dass Sie nicht von schmusenden Haustieren, dudelnden Radiokisten oder quengelnden Kindern abgelenkt werden. Sie brauchen jeden Tag eine Dreiviertelstunde nur für sich selbst.

Gut, das waren auch schon die Punkte, die Sie in den nächsten zehn Tagen beachten sollen. Klingt doch ganz simpel, oder? Keine Bange, es *ist* auch genauso einfach!

Keine Panik
Sie wollen gerne aufhören zu rauchen, trauen sich das aber (noch) nicht zu? Sie brauchen sich nicht *jetzt* festzulegen, ob Sie diesen Schritt wirklich tun wollen, Sie entscheiden erst *nachdem* Sie dieses Buch durchgearbeitet haben. Je mehr Sie im Verlaufe des Kurses über das Rauchen und über sich selber erfahren, umso müheloser ist das Ziel der Zigarettenfreiheit erreichbar.

Sie dürfen in den zehn Tagen, die dieser Kurs dauert, normal weiterrauchen. Es ist sogar wichtig, dass Sie erst am Ende dieses Kurses aufhören und nicht bereits irgendwann vorher.

Genauso wichtig ist, dass Sie nicht versuchen, Ihren Zigarettenkonsum einzuschränken. Rauchen Sie ganz normal so weiter, wie Sie es immer getan haben.

Ziele und Inhaltsübersicht

„Nichtraucher in 10 Tagen" ermöglicht Ihnen Folgendes:

1. Den Mut zu finden, mit dem Rauchen aufzuhören
2. Die körperliche Abhängigkeit zu überwinden
3. Erfolgreich Nichtraucher zu bleiben

Das sind ganz schön ambitiöse Ziele. Und Sie fragen sich vielleicht, wie diese erreicht werden sollen? Die Antwort: Gleich wie man einen Elefanten verspeist – Stück für Stück. In unserem Fall: Kapitel für Kapitel, Tag für Tag. Als kleine Orientierung, was in den nächsten Tagen auf Sie zukommt, hier eine kurze Inhaltsübersicht:

Tag 1, Einleitung
Das Kapitel, welches Sie gerade lesen.

Tag 2, gesundheitlicher Aspekt
Die Zigarette als Chemielabor: Hier dreht sich alles um die Frage, was Teer, Nikotin und über 4000 andere Stoffe im Körper bewirken. Wir gehen der Frage nach, ob Rauchen eine Sucht oder nur eine schlechte Gewohnheit darstellt. Sie erfahren ausserdem, wie sich Ihr Körper regeneriert, wenn Sie mit dem Rauchen aufhören.

Tag 3, Entzugserscheinungen
Körperliche Abhängigkeit und ihre Symptome sind Themen des dritten Tages. Sie kennen die Entzugserscheinungen, mit denen Sie zu rechnen haben und wie Sie diese wirkungsvoll lindern. Sie erhalten eine Übersicht über unterstützende Hilfsmittel. So vorbereitet stellt der körperliche Entzug keine grosse Hürde mehr dar.

Tag 4, Zigaretten als Anker
Dieses Kapitel zeigt auf, warum wir schöne Gefühle mit den Zigaretten in Verbindung setzen und diese so als Anker missbrauchen. Sie lernen ausserdem, wie Sie mit dem Unterbewusstsein kommunizieren und so unerwünschte Programme und Verhaltensweisen ändern können.

Tag 5, Tabakwerbung und Ur-Bedürfnisse
Hier erfahren Sie, welche psychischen Gründe Sie zur Zigarette greifen lassen und wie Sie sich dagegen wirkungsvoll zur Wehr setzen. Sie durchschauen, wie Zigarettenwerbung funktioniert und was Sie tun können, um gegen die allgegenwärtigen Verlockungen der Werbeindustrie immun zu werden.

14

Tag 6, Entspannung
Der Mensch ist schlechten Gefühlen nicht hilflos ausgeliefert. Wir wollen doch nicht zulassen, dass Sie während Ihres Entzuges unter Nervosität leiden. Darum erfahren Sie hier, wie Sie Nervosität gar nicht erst entstehen lassen oder gegen diese – im Falle eines Falles – erfolgreich vorgehen.

Tag 7, keine Angst vor Gewichtszunahme
Manche Leute nehmen nach einem Rauchstopp zu. Hier erfahren Sie, warum das so ist und wie Sie sicherstellen, dass Ihnen das nicht passiert. Keine Bange: Es geht nicht um Diäten und stundenlanges Joggen. Lassen Sie sich überraschen.

Tag 8, Vorsicht Rückfallgefahr
Rauchen hat auch viel mit Gewohnheiten zu tun. Hier erfahren Sie, wie Sie solche Gewohnheits-Fallen erkennen und vermeiden. Ausserdem erfahren Sie einige Tricks, wie Sie plötzliche Schmachtanfälle entschärfen. Sie lernen, den wichtigsten Fallen, die Ihnen auf dem Weg zum Nichtraucher gefährlich werden könnten, aus dem Weg zu gehen.

Tag 9, Die lieben Mitmenschen
Die meisten Rückfälle von Ex-Rauchern passieren in Gesellschaft. Warum das so ist und wie Sie sicherstellen, in solchen Situationen alles im Griff zu haben. Darüber hinaus werden einige gesetzliche Grundlagen erklärt. Schlussendlich erfahren Sie, wie und wo Sie externe Unterstützung für Ihr Vorhaben erhalten.

Tag 10, Zieleinlauf
An diesem Tag entscheiden Sie sich, mit dem Rauchen aufzuhören oder weiter zu rauchen. Wenn Sie sich fürs Aufhören entscheiden, finden Sie eine Checkliste, mit deren Hilfe Sie den Erfolg Ihres Unternehmens endgültig gewährleisten.

Nachkapitel: Nichtraucher bleiben
Vor allem die ersten paar Tage als Ex-Raucher können ein wenig holprig werden. Dieses Kapitel unterstützt Sie wirkungsvoll während dem ersten Monat Ihres neuen Lebens in Freiheit.

Kleines Portrait
Vielleicht interessiert es Sie, wer hinter diesem Buch steht und warum dieses entstanden ist. Erlauben Sie mir darum kurz, mich vorzustellen:

Wie die meisten Raucher habe ich bereits als Jugendlicher angefangen. Schon nach kurzer Zeit rauchte ich zwei Päckchen pro Tag.
Obwohl ich das Rauchen nur ganz am Anfang als Genuss betrachtete, konnte ich bald nicht mehr damit aufhören. Ich nahm mir mehrmals vor, auf einen bestimmten Zeitpunkt hin das Ganze zu beenden. Wenn es dann jeweils soweit war, wollte ich

von meinem Vorhaben nichts mehr wissen – und wenn doch, dann dauerten diese Versuche ein paar Stunden oder bestenfalls wenige Tage. Jahrelang betrog ich mich selbst, indem ich die Zigarettenpäckchen nur noch einzeln kaufte, und bei jeder Schachtel immer dachte, das sei nun definitiv die Letzte.

Ich konnte nicht glauben, dass diese kleinen Zigaretten eine so grosse Abhängigkeit verursachen und fand mich langsam – wie viele Raucher – damit ab, dass ich halt einen schwachen Willen besässe.

An meinem 30 Geburtstag war wieder mal so ein Datum, an dem ich mit mir selbst vereinbart hatte, das Rauchen aufzugeben. Wieder liess ich diesen Termin verstreichen, ohne etwas zu unternehmen. Aber etwas passierte trotzdem an diesem Geburtstag. Ich lag am Abend im Bett und stellte mir vor, wie ich mein ganzes Leben lang weiterrauchen müsste. Ich sah mich selbst an meinem 40, 50 und 60 Geburtstag und hatte immer diese gemeinen Zigaretten dabei.
Nein, so mochte ich nicht mehr weiterexistieren. Ich erkannte, dass die Zigaretten für mich schon lange keine guten Freunde mehr waren, sondern nur noch gemeine Sklaventreiber, die mich im Griff hatten und mir die Lust am Leben abwürgten.

An jenem Abend fasste ich einen Entschluss: Ich wollte es jetzt noch einmal versuchen, aber diesmal würde ich mich nicht mehr auf meinen Willen verlassen, sondern das Problem von der intellektuellen Seite her angehen. Ich wollte herausfinden, warum ich mir dieses stinkende, teure Zigarettenzeugs anzünden *musste*, obwohl ich das tief innen gar nicht *wollte*.

Also begab ich mich auf die Suche. Ich informierte mich über die medizinischen Aspekte des Rauchens. In der klassischen Psychologie fand ich verschiedene Ansätze und Erklärungen zum Thema (Nikotin-)Sucht. In der NLP (Neurolinguistischen Programmierung) entdeckte ich interessante Wege, unerwünschte Verhaltenweisen zu hinterfragen und zu ändern. Darüber hinaus studierte ich verschiedene Fakten und interessantes Zahlenmaterial rund um das Thema. Alle diese Erkenntnisse habe ich in diesem Buch für Sie zusammengefasst.

Bald wurde mir bewusst, dass ich gar nicht gegen diese kleinen weissen Giftstäbchen vorgehen musste, sondern gegen meinen „inneren Schweinehund", mein eigenes Ego. Schlussendlich wurde mir klar, dass ein erfolgreicher Rauchentzug nichts mit „Willenskraft" zu tun hat.

Vielmehr braucht man, wenn man die Zigarettenabhängigkeit überwinden will, folgendes „Kochrezept":

- eine grosse Portion **seriöse Vorbereitung** (um sich das notwendige Wissen anzueignen)

16

- eine genügend hohe **Motivation** (je höher die Motivation, desto einfacher wird das Ziel erreicht)
- einen Schuss **Kreativität** (um eventuellen Versuchungen Paroli zu bieten)
- ein wenig **Mut** (um den entscheidenden Schritt zu wagen)
- und erst ganz am Schluss: eine Prise **Durchhaltevermögen**

Dies sind die entscheidenden fünf Punkte, die man als erfolgreicher Ex-Raucher beherzigen soll. Während der nächsten zehn Tage werden wir auf alle diese Punkte noch näher eingehen.

Als ich die Zusammenhänge begriff, fand ich endlich den Weg aus der Abhängigkeit. Im Nachhinein betrachtet muss ich sogar gestehen, dass dieser Weg viel leichter war, als ich befürchtete.

Rückblick

Wenn ich heute zurückschaue gebe ich gerne zu, dass ich eine ganz neue Lebensqualität gewonnen habe.

Wohin ich auch gehe, ich bin nicht mehr eingeschränkt durch ein Rauchverbot. Ich kann stundenlang im Flugzeug sitzen, und werde dabei kein bisschen nervös oder fühle mich eingeschränkt.

Wie oft hatte ich mir früher gewünscht, ich könnte die Uhr nochmals zurückdrehen bis zu jenem Zeitpunkt, an dem ich angefangen habe zu rauchen. Das konnte ich natürlich nicht, aber ich bin diesem krankmachenden Laster entkommen, und das ist viel mehr wert als ein "normaler" Nichtraucher zu sein. Warum, wollen Sie wissen? Nun ja: Einem Menschen, der noch nie eine Zigarette geraucht hat, bedeutet es gar nichts, Nichtraucher zu sein. Er macht sich darüber gar keine Gedanken. Er raucht halt einfach nicht. Für mich aber ist es selbst heute noch wie ein riesiges Geschenk, dass ich nicht mehr diesem ständigen Stress mit den Zigaretten ausgesetzt bin. Ich habe etwas geschafft, was ich lange für unmöglich hielt. Das hat mich in vielerlei Hinsicht stärker gemacht.

Nach so vielen Jahren des Gestankes und der Abhängigkeit habe ich tatsächlich noch einmal ganz neu angefangen, als freier Mensch. Heute weiss ich: Nichtrauchen ist nicht Verzicht, sondern Befreiung!

Und es ergeht nicht nur mir so. Aus zahlreichen Gesprächen mit erfolgreichen Ex-Rauchern habe ich erfahren, dass die meisten sich noch genau an den Tag erinnern können, an dem sie sich aus der Nikotinabhängigkeit befreit hatten, egal wie lange dieses Datum schon zurücklag. Einige feiern an diesem Tag sogar ihren „zweiten Geburtstag".

Selbst heute noch spüre ich dieses Gefühl von Dankbarkeit und Stolz, wenn ich an den Tag zurückdenke, an dem ich aufhörte zu Rauchen. Ich bin nicht mehr abhängig von der Droge Nikotin! Aus dieser Dankbarkeit heraus fasste ich den Entschluss, mein Wissen allen zugänglich zu machen, die ebenfalls mit dem Rauchen aufhören wollen. Das Ergebnis halten Sie gerade in den Händen. Und wenn Sie wollen, dann sagen auch Sie bald: „Nein danke, ich rauche nicht (mehr)! "

Schluss und Vorschau

„Nichtraucher in 10 Tagen" ist ein effektives Werkzeug um sich ein für alle Male aus der Zigarettenabhängigkeit zu lösen. Sie werden, während Sie dieses Dokument durcharbeiten, viel Neues zu einem alten Thema lernen und mit diesem Wissen in zehn Tagen in der Lage sein, mit dem Rauchen aufzuhören.

Rauchen ist eine interessante, hoch komplexe Angelegenheit. Viele Dinge, die Sie bis heute über Zigaretten zu wissen glaubten, verhalten sich in Wirklichkeit ganz anders. Kommen Sie mit auf diese spannende Entdeckungsreise und freuen Sie sich auf ganz neue Erkenntnisse: Sie werden staunen.

Sind Sie motiviert, mit Hilfe von „Nichtraucher in 10 Tagen" das Rauchen aufzugeben? Dann lesen Sie bitte MORGEN das nächste Kapitel. Für heute genügt es, wenn Sie sich freuen, dass Sie sich bald aus der elenden Nikotinsucht befreien können, die Sie nun schon so lange gefangen hält.

Sollten Sie nun dennoch Lust haben, mehr zu lesen, dann empfehle ich Ihnen den Anhang "Wissenswertes" ab Seite 126.

2 Der gesundheitliche Aspekt

Die meisten Raucher glauben, dass sie über die gesundheitlichen Folgen des Rauchens Bescheid wissen. Bestimmt auch Sie. Und trotzdem rauchen Sie. Wie erklären Sie sich diesen Widerspruch?

Ein wesentlicher Aspekt ist sicher, dass der abhängige Raucher die Gefahren des Rauchens so weit wie möglich verdrängt. Bestimmt haben Sie schon Zeitungsartikel oder Ähnliches zu diesem Thema gelesen, aber eigentlich schaut man doch lieber weg. Kommt dazu, dass es beim Rauchen keine Art „Sofortbestrafung" gibt. All die gemeinen Raucherkrankheiten wie Herzinfarkt, chronische Bronchitis und Krebs wirken sich erst mit Verspätung aus. Der Raucher lebt also eine Zeit lang auf „Kredit", entsprechend gering ist das Abschreckungspotenzial.

Jetzt wo Sie das Rauchen aufgeben wollen, haben Sie es nicht mehr nötig, den Tatsachen auszuweichen. Sie können sich ihnen stellen und die Informationen in diesem Kapitel ganz *bewusst* aufnehmen. Bewusst heisst: Sie überfliegen nicht nur den Text, sondern stellen sich detailliert vor, wie die beschriebenen Schadstoffe in Ihrem Körper wirken – und das bei jeder einzelnen Zigarette, die Sie rauchen.

Sie erinnern sich an gestern: Eine Voraussetzung, um mit dem Rauchen aufzuhören, ist eine genügend hohe Motivation. Das Ziel dieses Kapitels ist also nicht, Sie zu deprimieren, sondern Ihre Motivation zu steigern. Wenn Sie WISSEN und auch SPÜREN, was die verschiedenen Zigarettenbestandteile im Körper anrichten, dann wollen Sie bestimmt so schnell wie möglich mit dem Rauchen aufhören.

Schauen wir zunächst einmal, was in heutigen Zigaretten so alles drin ist:

Tabak unter dem Mikroskop

Schon die natürlichen Bestandteile von Tabak sind gesundheitlich gefährlich. Die Tabakindustrie verkauft jedoch seit langem keinen naturbelassenen Tabak mehr. Ganz im Gegenteil. Mit ausgeklügelten, aufwändigen Verfahren wird an der Ware herum geschraubt, bis das Endprodukt praktisch nichts mehr mit dem Ausgangsprodukt zu tun hat. Die Zigarettenkonzerne bezeichnen diesen Vorgang übrigens frech als „Veredelung".

Dank dieses „Veredelungs-Prozesses" sind heute in einer einzigen Zigarette über 4000 chemische Substanzen enthalten.

Nachfolgend eine sinngemässe Wiedergabe des US-Fernsehsenders ABC, der herausfinden wollte, was in heutigen Zigaretten „so alles drinsteckt".

Zuerst einmal: Eigentlich wollte der Sender filmen, was in den Tabak-Fabriken geschieht. Aus nachvollziehbaren Gründen wurde die Erlaubnis hierzu nicht erteilt. ABC hat daraufhin notgedrungen die fertigen Zigaretten unter dem Mikroskop betrachtet und festgestellt:

> *"Das Erste was auffällt, ist eine glitzernde Schicht Chemie um jede Tabakfaser. Menge und Art sind „Geheimrezept" des Herstellers. Spezielle Salze sorgen dafür, dass die Zigarette durchgehend glimmt, Ammoniak verbessert die Freisetzung von Nikotin* (damit dieses noch schneller süchtig macht), *Glyzerin soll den Tabak länger frisch halten..."*

Obwohl dieser Chemikalien-Cocktail hochgiftige Auswirkungen hat, müssen die Tabakgiganten bis heute *nicht* deklarieren, was sie da so alles in ihren Drogenstängeln verstecken. In der Schweiz existiert lediglich ein Gesetz, dass die Menge an Zusatzstoffen höchstens 25% der Masse betragen darf.[1] Alles andere wird generös den Tabakkonzernen überlassen.

Die Zigarette als Chemielabor

Eine Zigarette ist, wenn man sie anzündet, das reinste Chemielabor. Über **4000 chemische Substanzen** konnte die Wissenschaft bis heute in den Zigaretten nachweisen, die meisten davon hoch giftig.[2] 90% dieser Substanzen sind gasförmig, etwa 10% davon können aber unter dem Mikroskop als feste, scharfkantige Partikel (Kondensat) erkannt werden. Dieses Kondensat – auch Teer genannt – ist extrem fein, gelangt so in die hintersten Bronchial-Verzweigungen und bleibt dort liegen.

Die Wirkungsweise von vielen dieser Inhaltsstoffe ist bis heute noch nicht restlos geklärt. Trotzdem wurden bereits über hundert verschiedene Krebs erregende (karzinogene) Stoffe und weitere hoch giftige Substanzen identifiziert, darunter zum Beispiel:

- **Arsen, Blausäure und Naphthalin** → hoch konzentrierte Nervengifte, Blausäure ist das Gift, das die Nazis in den Gaskammern verwendeten
- **Benzypren** → das *stärkste* bekannte Karzinogen (krebsauslösende Substanz)
- **Nitrosamine** → Karzinogen, behindert körpereigene Reparaturenzyme

---

[1] Lebensmittelgesetz LMG, 1992

[2] U.S. Environmental Protection Agency, NIH Publ. Nr. 93-3695

- **Methylisozyanat** → das Gift, dass in Bhopal für die Tötung von Tausenden Menschen verantwortlich war
- **Methylchlorid** → verantwortlich für Stimmungsschwankungen und psychische Veränderungen
- **Methylnitrit** → verantwortlich für Mutationen von gesunden in karzinogene Zellen (Krebszellen)
- **Radon, Plutonium und Polonium** → radioaktive Substanzen
- **Formaldehyd** → behindert die körpereigenen Reparaturenzyme
- **Cadmium und Blei** → Schwermetalle, die sich in diversen Organen ablagern
- diverse **Herbizide und Pestizide** in beängstigenden Mengen
- **Kohlenmonoxid** → Nervengift
- Div. **Stickoxide** → Reizgase

Eine genauere Beschreibung sämtlicher bis heute bekannter Inhaltsstoffe würde den Rahmen dieses Buches bei weitem sprengen. Wichtig ist nur, dass obige Gifte und tausend andere mehr einen **verheerenden Angriff auf Ihren Organismus** darstellen.

Ihr Körper wird durch alle diese Substanzen nicht nur vergiftet, die körpereigenen Entgiftungs- und Reparaturmechanismen werden darüber hinaus gelähmt oder gleich ganz ausser Kraft gesetzt und erlauben so wiederum anderen Schadstoffen tiefes Eindringen und langes Verweilen im Körper.

Doch schauen wir uns einige dieser Inhaltsstoffe nun ein wenig genauer an:

Nikotin

Aus der Nähe betrachtet handelt es sich um ein Alkaloid, das in seiner reinen Form eine farblose, ölige Flüssigkeit darstellt. Es wurde 1828 vom Chemiker Reimann und vom Mediziner Posselt an der Universität Heidelberg entdeckt. Bei Kontakt mit der Luft verfärbt es sich braun. Nikotin ist für die gelben Finger und Zähne eines Rauchers verantwortlich. Es ist ein starkes Nervengift. Das Nikotin von zwei Zigaretten auf einmal in die Vene injiziert ist für einen Erwachsenen tödlich.

Nikotin führt zu einer Verengung der Blutgefässe und bewirkt dadurch eine Unterversorgung des Gewebes. Es führt darüber hinaus zur Abnahme der Funktion gewisser Hirnzentren, die dann nur noch auf regelmässige Zuführung des Stoffes reagieren, ähnlich der Wirkung von Kokain. Damit entsteht Abhängigkeit. Nikotin ist darum auch der Hauptverantwortliche dafür, dass Sie Zigaretten rauchen MÜSSEN.

Bereits 1965 hat Philip Morris seine Marlboro-Zigaretten zum ersten Mal mit Ammoniak „veredelt". Dank Ammoniak wird Nikotin schneller vom Körper aufgenommen. Gleich nach dem ersten Zug gelangt es via Lunge in weniger als 10 Sekunden ins Gehirn und fällt dort über die Nervenzellen her. Es wirkt damit schneller als Heroin, das sich ein Junkie in die Venen knallt. So wird die Suchtbildung beschleunigt und verstärkt. Wer wundert sich da noch, dass die Verkaufszahlen der Marlboro dank diesem Schachzug geradezu explodiert sind.

Reynolds war in den 70er-Jahren der zweite Hersteller, der seine Camel-Zigaretten so behandelte. Heute findet sich Ammoniak in praktisch allen grossen Marken.

Zwar kennt man als Zigarettenraucher keine Beschaffungskriminalität, wohl aber einen Beschaffungsstress – vor allem nach Ladenschluss. Sie dürfen also dem Staat danken, dass er Zigaretten nicht verbietet. Gleich wie bei anderen (verbotenen) Drogen müssten Sie sonst einen übertrieben hohen Preis bezahlen, und solange Sie irgendwie könnten, würden Sie das wahrscheinlich auch tun.

Teer (Rauchkondensat)

Teer ist verantwortlich für den „Geschmack" der Zigarette. Er dringt in die Lunge ein und setzt sich dort in den kleinen Luftwegen (Bronchien) ab. Was er dabei so alles anstellt, lesen Sie ein paar Abschnitte weiter unten. Für den Moment nur soviel: Ein Raucher, der während 20 Jahren ein Päckchen Zigaretten täglich raucht, hat während dieser Zeit ungefähr 6 Kilo Rauchstaub inhaliert und jedes Jahr eine Tasse Teer in seine Lunge „abgelegt". Auf Bildern erkennt man das sogar als medizinischer Laie: Im Gegensatz zu einer gesunden roten Nichtraucherlunge sind Raucherlungen tatsächlich tiefschwarz und zerfressen. Doch die dreckige Teerspur zieht sich durch den ganzen Körper weiter, bis hin zu den Ausscheidungsorganen, wo Nieren- und Blasenkrebs entstehen können. Mehr als die Hälfte aller Krebse des Kehlkopfes, der Speiseröhre und des Mundes sind dem Rauchen zuzuschreiben.[3]

Kohlenmonoxid (CO)

Kohlenmonoxid ist ein Giftgas. Bei Selbstmorden mit Autoabgasen ist es das CO, das für den Tod verantwortlich ist. Der CO-Gehalt von Zigarettenrauch liegt bei etwa 3%, das ist die Hälfte der Auspuffgase eines im Stand laufenden Automotors.[4] Kohlenmonoxid bindet sich rund 200 mal leichter mit den roten Blutkörperchen als Sauerstoff. Darum verdrängt es den Sauerstoff aus den Blutbahnen.

Bei Rauchern sind bis zu 20% der roten Blutkörperchen durch CO-Moleküle statt mit Sauerstoff besetzt. Das gesamte Körpergewebe kann damit nicht genügend atmen. Wie bei einer Blume, die zu wenig Wasser bekommt, trocknet der Körper von innen her aus. Dadurch sinkt die allgemeine Leistungsfähigkeit. Gewisse Raucher empfinden dieses Gefühl nun als *Entspannung*, viel eher müsste man von einer chemisch verursachten *Betäubung* sprechen.

Da Kohlemonoxid schuld an der Verengung der Blutgefässe ist, können – wenn man lange genug raucht – aus diesem Grund diverse Unannehmlichkeiten und Krankheiten

---

[3] Schweizerische Fachstelle für Alkohol- und Drogenmissbrauch, 2003

[4] R. + M. Dahlke, Psychologie des blauen Dunstes

22

wie Alzheimer, Zahnfleisch-Schwund, Zahnausfall, verminderte Gedächtnisleistung, Raucherbeine, Herzinfarkt und Impotenz auftreten. Alleine in der Schweiz wird die Zahl der Männer mit Erektionsstörungen infolge des Tabakkonsums auf ca. 18'000 geschätzt.[5]

Radioaktive Substanzen

Raucher strahlen von innen: Da Zigaretten diverse radioaktive Substanzen wie Radon, Polonium und Plutonium enthalten, verpasst ein durchschnittlicher Raucher (ein bis zwei Packungen täglich) seinen Bronchien pro Jahr die gleiche Strahlenmenge, die bei 250 Röntgenaufnahmen der Lunge entstehen würde.[6]

Da sich die strahlenden Teilchen hauptsächlich in den äusseren Lungengeweben – vor allem in den Schleimhäuten der Bronchien – niederschlagen, ist die dort gemessene Radioaktivität bis zu hundertmal höher als bei einem Nichtraucher.

Die Wissenschaftler sind sicher, dass die Strahlendosis von 80 Rem, die ein Raucher innert zehn Jahren abbekommt, zum Wuchern von bösartigen Tumoren führen kann.[7]

Soviel im Moment zu den wichtigsten Tabak-Inhaltsstoffen. Betrachten wir nun, welche Wirkung diese auf unseren Körper haben:

Gesundheitliche Auswirkungen

Raucherhusten

Unsere Atemorgane haben einen komplizierten Mechanismus, um eingeatmeten Dreck möglichst schnell wieder loszuwerden. Dazu befinden sich auf den Schleim-häuten feinste Flimmerhärchen. Bleibt darauf Dreck liegen, wandert dieser über diese Härchen Richtung Mund und wird so abtransportiert.

Bei einem Raucher funktioniert dieser Mechanismus irgendwann nicht mehr, da die Flimmerhärchen unter einem Teerschleim verkleben und so richtiggehend begraben und im Extremfall sogar zerstört werden. Dieser Teerschleim verstopft zudem die kleineren Atemwege in den Bronchien.

Weil der nun liegen gebliebene Teerschleim ein idealer Nährboden für Bakterien ist, entzünden sich die Atemorgane und es kommt zum so genannten Raucherhusten (Bronchitis). Der Körper versucht hier durch Husten, diesen Giftschleim wieder loszuwerden. Es handelt sich dabei um ein erstes Alarmzeichen, welches aber erstaun-licherweise von vielen Rauchern nicht als solches wahrgenommen wird. Andere erkennen diesen Husten zwar richtig als Selbstreinigungsmechanismus, übersehen dabei aber, dass der auf diese Weise nach oben transportierte Schleim nur die Spitze des Eisbergs darstellt, der Grossteil des Drecks bleibt nämlich tief unten in der Lunge kleben.

---

[5] Bundesamt für Gesundheit, Nationales Programm 2001-2005 zur Tabakprävention, Juni 2001

[6] Chemische Rundschau vom 19.1.96

[7] Chemische Rundschau vom 19.1.96

Was passiert nun, wenn Sie weiter rauchen?

Kurzatmigkeit

Bestehen die Symptome des Raucherhustens über längere Zeit, entwickelt sich eine chronische Bronchitis. Unter der ständigen Einwirkung des Teers und der permanenten Überdehnung beim Husten nehmen die hauchdünnen Trennwände der Lungenbläschen Schaden. Einzelne Lungenbläschen verschmelzen so zu einem einzigen, man spricht von einem Lungenemphysem (Lungenblähung).

Bei einem solchen Emphysem nimmt die gesamte Oberfläche der Lungenbläschen immer mehr ab, und da mit weniger Oberfläche weniger Sauerstoff aufgenommen werden kann, entsteht Kurzatmigkeit.

Da die Lunge von Natur aus mit einer gewissen Leistungsreserve ausgestattet wurde, spüren Sie diese Kurzatmigkeit am Anfang nur bei körperlicher Anstrengung. Mit fortschreitender Zerstörung der Lungenbläschen macht sich diese Kurzatmigkeit dann auch im normalen Alltag bemerkbar.

Entzündungen, die in diesem Stadium bereits mit schöner Regelmässigkeit auftreten, machen dem Gewebe zusätzlich zu schaffen. Mit der Zeit werden dadurch die Zellen der Innenauskleidung der Bronchien verändert, es entstehen präkanzeröse Zellen (noch gesunde Zellen, die sich innert Kürze in Krebszellen umwandeln werden).

Der herausgehustete Schleim besteht nun nicht mehr nur aus Teer, sondern auch aus Eiter. Medizinisch betrachtet handelt es sich um eine Mischung von Teer und Bakterien einerseits, und im Kampf abgestorbenen Abwehrkörpern andererseits.

Was passiert nun, wenn Sie weiter rauchen?

Lungenkrebs

Das ständige Zudecken mit Teer und anderen karzinogenen Giftgasen, radioaktiven Substanzen und Mutationsstoffen hat Ihre Lunge nun so weit geschädigt, dass einzelne Zellen uneingeschränkt zu wuchern beginnen. Man spricht von Lungenkrebs. Es handelt sich dabei um eine typische Raucherkrankheit: In der Schweiz sind 94% aller Lungenkrebspatienten langjährige Raucher.[8]

Lungenkrebs ist eine in den meisten Fällen tödlich verlaufende Krebserkrankung: Von 100 Lungenkrebspatienten leben ein Jahr nach der Erstdiagnose nur noch 30%, nach fünf Jahren weniger als 10% aller Patienten.[9]

Diese schlechten Heilungschancen kommen daher, dass Lungenkrebs meistens erst entdeckt wird, wenn es bereits zu spät ist. Damit Lungenkrebs auf der Röntgenauf-

---

[8] Schweizerische Krebsliga
[9] Schweizerische Krebsliga

nahme zu sehen ist, muss das befallene Gewebe einen Durchmesser von mindestens einem Zentimeter haben. Dann befindet er sich aber schon lange nicht mehr im Frühstadium und hat bereits zahlreiche Metastasen (Ableger) gesetzt.

In den meisten Fällen versucht man heute, Lungenkrebs durch die operative Entfernung befallener Lungenteile zu behandeln. Auch Bestrahlung und Chemotherapie werden eingesetzt. Weil diese Behandlungsmethoden aber nicht nur Krebszellen, sondern auch gesunde Zellen angreifen, sind diverse Nebenwirkungen nicht zu vermeiden. Permanente Übelkeit und Haarausfall sind noch die harmlosesten. Aus diesem Grund verzichten viele Lungenkrebspatienten auf eine Behandlung und wollen die kurze Zeit, die ihnen noch zur Verfügung steht, besser nutzen als mit schmerzvollen Behandlungen, welche den Tod nur ein wenig hinauszögern, nicht aber verhindern können.
Für einen Raucher, der tatsächlich an Lungenkrebs erkrankt, dürften aber nicht diese Behandlungen das Schlimmste sein, sondern die Gewissheit, dass man als Raucher irgendwie selbst daran Schuld hat.

Herzinfarkt
Bei fast allen langjährigen Rauchern entwickeln sich in den Bronchien präkanzeröse Zellen (Vorstufen von Krebs). Aber glücklicherweise sterben nicht alle Raucher tatsächlich an Lungenkrebs.

Viel häufiger kommt es zum frühzeitigen Tod durch andere Krankheiten, welche ebenfalls durch das Rauchen zumindest mitverursacht werden. Eine dieser weit verbreiteten Todesursache ist der Herzinfarkt. Ausnahmsweise ist hier der Teer mal unschuldig, die Schädigung des Herz-Kreislaufsystems erfolgt gemeinsam durch das Kohlenmonoxid und das Nikotin. Das funktioniert folgendermassen:

Beim Konsum von Kohlenmonoxid und Nikotin (rauchen) bilden die Innenwände der Arterien mehr Zellen, um der Sauerstoffarmut zu begegnen. Dies führt zu Verdickungen im Innern der Blutgefässe, womit die Grundlage für Arterienverkalkung (Arteriosklerose) gelegt wird. Dies wird noch gefördert dadurch, dass die vermehrten Zellen auch mehr Blutfette (Cholesterin) aufnehmen. Es ist wie bei einem Wasserrohr, dessen Durchmesser wegen Kalkablagerungen immer dünner wird. Schlussendlich kommt es zu Gefässverschlüssen, welche die Durchblutung wichtiger Organe einschränken oder verunmöglichen. Die betroffenen Gliedmassen müssen dann amputiert werden (Raucherbein). 99% aller Beinamputationen werden in der Schweiz an Rauchern vorgenommen.[10]
Aber auch ohne dass Ihnen ein Bein amputiert wird, spüren Sie die Auswirkungen der Gefässverengung bei vielen Gelegenheiten: Das Zahnfleisch zieht sich zurück, da es nicht mehr richtig durchblutet wird. Die Gedächtnisleistung nimmt aus dem gleichen Grund ab und bei Männern leidet auch die Potenz unter dieser Mangeldurchblutung.

---

[10] Anzeiger Bezirk Affoltern, Dr. F. Dinkelmann, 2003

25

Im schlimmsten Fall, und zwar wenn eine Gefässverengung dort entsteht, wo die Herzkranzgefässe den Herzmuskel mit Blut versorgen, kommt es zu einem Herzinfarkt.

Obschon es auch andere Risikofaktoren gibt, die einen Herzinfarkt begünstigen können, bleibt der Herzinfarkt ein typisches Rauchersymptom. Praktisch alle Herzinfarktpatienten bis 40 Jahren sind Raucher, und ca. 80% aller Herzinfarktpatienten bis 50 Jahre sind – Sie ahnen es bereits – ebenfalls Raucher. [11]

Verminderte Lebensqualität

Eigentlich weiss heute jeder Raucher, dass seine Sucht ihn wahrscheinlich das Leben kosten wird. Die meisten haben sich aus diesem Grunde irgendwelche Abwehrstrategien zugelegt, etwa nach dem Motto:

„Klar sterben viele Leute am Rauchen, aber ICH SICHER NICHT"

Oder der ach so geniale Spruch:

„Wer raucht stirbt, wer nicht raucht stirbt auch, also rauche ich"

Es ist richtig, dass jeder irgendwann sterben muss, und natürlich könnten Sie morgen bereits unter den Bus kommen. Aber schlussendlich geht es beim Thema Rauchen und Gesundheit nicht nur um den Tod, sondern vor allem um die Tatsache, dass der giftige Chemie-Cocktail aus der Zigarette Ihnen ein grosses Stück Lebensqualität wegnimmt.

Als Raucher sind Sie ganz generell weniger leistungsfähig, sind lethargischer und haben darüber hinaus erst noch ein eingeschränkteres Wahrnehmungsvermögen als ein Nichtraucher. Dies betrifft sämtliche Sinne: Riechen, Schmecken, Hören und Sehen.

Frauen und Zigaretten

Wenn Sie eine Frau sind, gibt es noch diverse zusätzliche negative Auswirkungen, die Sie sich als Raucherin zu vergegenwärtigen haben:

- Raucherinnen kommen früher in die Wechseljahre (die Menopause tritt ca. 5 Jahre früher ein)
- die Wirkung der Pille wird bei Raucherinnen markant verringert
- eine massiv frühere und stärkere Faltenbildung als Nichtraucherinnen

---

[11] R.+M. Dahlke, Psychologie des blauen Dunstes

26

Schwangere Raucherinnen machen ihr Embryo via Nabelschnur ebenfalls zum Raucher. Das bringt für das Kind eine Reihe von Nachteilen mit sich:

- Raucherinnen erleiden dreifach häufiger eine Fehlgeburt
- Säuglinge von Raucherinnen wiegen weniger (bis 300 Gramm) und sind krankheitsanfälliger (Asthma, Allergien, ADHD usw.) als Nichtraucher-Babys
- das Risiko des plötzlichen Kindstodes steigt (um 700% bei 20 Zigaretten täglich)

Ist Rauchen Drogensucht?

Vor wenigen Jahren noch ging es bei Raucherprozessen (in den USA) immer um die Frage, ob Rauchen gesundheitsschädigend sei. Obwohl bereits 1950 erstmals ein Zusammenhang zwischen Rauchen und Krebs nachgewiesen werden konnte, bestritten die Zigarettenhersteller bis in die 90er-Jahre hinein jeglichen Zusammenhang zwischen Zigaretten und Krebs, auch in der Schweiz: H.-U. Hunziker, ehemaliger Direktor der Vereinigung der Schweizerischen Zigarettenindustrie in einem Interview auf die Frage, ob zwischen Tabak und Krankheiten wie Krebs ein Zusammenhang besteht: «Non, il ne provoque pas les maladies.»[12]

Heute jedoch wird die Tatsache, dass Zigaretten krank machen, nicht einmal mehr von den Zigarettenkonzernen geleugnet. In heutigen Prozessen geht es denn auch um eine neue Frage:

„Macht Zigarettenrauchen abhängig?"

Wir haben hier wieder das gleiche Bild: Unabhängige Fachleute sind ganz eindeutig dieser Meinung. Diverse Studien aus Deutschland, Amerika, England usw. kommen alle zum gleichen Resultat: **Nikotin macht abhängig.**

Dazu ein Zitat aus dem amerikanischen staatlichen Institut für Drogenmissbrauch:

„Nikotin macht so süchtig wie Heroin oder Kokain"

Und der Chef der obersten US-Gesundheitsbehörde (Food and Drug Administration, FDA) fordert:

„Tabakprodukte sollten unter das Arzneimittelgesetz fallen, Nikotin ist eine Droge"

Dies alles veranlasste die Weltgesundheitsorganisation WHO, Tabakabhängigkeit als eine anerkannte Krankheit zu klassifizieren. Dennoch zeigen die Zigarettendealer wieder das gleiche ethisch verwerfliche Verhalten: Sie bringen noch und noch

---

[12] Tribune de Genève, 11.7.1997

„gesponserte" Wissenschaftler, die bestreiten, dass Nikotin abhängig macht. Gemäss deren Aussagen rauchen die Leute gerne, weil es eben ein Genuss sei.

Pech war allerdings, dass ausgerechnet Victor DeNoble, der Labor-Leiter von Philip Morris die Seiten wechselte (nachdem seine Forschungen für den Konzern zu gefährlich wurden und man 1983 sein Labor schloss und ihn entliess). Herr DeNoble arbeitet heute im Staatsdienst. Seine Aussagen zum Thema Zigaretten:

„Entscheidend ist, dass es sich bei der Zigarette um ein Drogenverabreichungsgerät handelt, mit dem neben Nikotin noch 4000 andere Chemikalien zugefügt werden. Viele davon sind giftig. Wäre die Zigarette eine Spritze, so dürfte sie wegen der enormen Nebenwirkungen nicht verkauft werden."

Gemäss einer Anhörung vor dem amerikanischen Abgeordnetenhaus von 1994 sagte Dr. DeNoble auch aus, dass die Tabak-Industrie seit spätestens 1961 bereits *wusste*, dass Nikotin abhängig macht. [13]

Wenn Sie bereits einen gescheiterten Aufhörversuch hinter sich haben, dann wissen Sie, dass Nikotin vom Suchtpotenzial her ganz bestimmt eine Droge ist. Körperliche Abhängigkeit ist ein wichtiger Grund, warum es so schwierig ist, mit dem Rauchen aufzuhören. Was Nikotin von anderen Drogen unterscheidet, ist lediglich das Fehlen einer psychotoxischen Wirkung. Zigarettenraucher erleben keine Wahrnehmungsveränderung und verlieren nicht die Kontrolle über sich selbst.
Aus dem eben gelesenen kann man folgenden Schluss ziehen: **Raucher konsumieren eine Droge, die ihren Körper zerstört und abhängig macht und von der sie schlussendlich noch nicht einmal gross etwas haben.**

Umweltverschmutzung
Manche Raucher wollen sich mit Sätzen wie dem folgenden aus der Verantwortung stehlen:

„Aber die Umweltverschmutzung heutzutage, da kommt es doch auf das Rauchen auch nicht mehr an"

Eingeatmeter Tabakrauch fordert mehr Todesopfer, als alle Umweltschadstoffe zusammengenommen. Akzeptieren Sie diese Tatsachen:

- Tabakrauch in einem geschlossenen Raum ist ungleich gefährlicher als die grösste Luftverschmutzung in einem Industriequartier. [14]

---

[13] www.ash.org.uk
[14] Deutsche Medizinische Wochenschrift 112, 1987

- Und: Rauchen ist für über 90% aller Lungentumore verantwortlich, die Umweltverschmutzung (generell) für ca. 3%. [15]

Fazit: Die Problematik des Lungenkrebses hängt direkt mit dem Inhalieren von Tabakrauch zusammen. Dies geht auch aus Statistiken hervor, die zeigen, dass vor der industriellen Fertigung von Zigaretten ca. 100 mal weniger Lungenkrebstote zu verzeichnen waren als heute! Um die Jahrhundertwende gab es in der Schweiz jährlich etwa 30 Lungenkrebstote. Heute sind es über 2'800 pro Jahr! Es handelt sich beim Rauchen also regelrecht um eine Art „moderne" Seuche.

Sind Light-Zigaretten gesünder?

Light-Zigaretten kommen in der Schweiz mittlerweile auf einen Marktanteil von 70%. Viele Raucher sind in den vergangenen Jahren auf Light-Zigaretten umgestiegen. Diese Menschen haben damit zwei Dinge bewiesen:

1. sie haben erkannt, dass Rauchen die Gesundheit auf vielfache Weise schädigt
2. sie sind nicht bereit, daraus die *richtigen* Konsequenzen zu ziehen

Tatsächlich tun sich Raucher, die von einer starken auf eine schwächere Zigarette umsteigen, keinen Gefallen. Es ist erwiesen, dass man als Raucher ein feines Gespür für die Menge des Nikotins hat, das der Körper „benötigt". Wenn Sie nun auf eine „leichtere" Marke umsteigen, passiert Folgendes:

1. Sie rauchen ganz automatisch MEHR Zigaretten, um an die gewohnte Nikotindosis zu kommen. Weil aber – abgesehen vom Nikotin und Teer – sonst gleich viele Schadstoffe in den „Lights" enthalten sind, sind diese „Leichten" erst recht schädlich.
2. Sie behalten den Rauch entsprechend länger in der Lunge, somit hat dieser mehr Zeit um seine destruktive Wirkung zu entfalten.
3. Sie inhalieren tiefer ein. Der Rauch macht sich nun auch über Lungenregionen her, die bisher nicht so stark beansprucht wurden.
4. Sie saugen gieriger an der Zigarette. Diese wird somit „heissgeraucht", und die Schadstoffe in der Zigarette kommen so erst richtig zur Geltung.

Ganz abgesehen davon wurde bereits einige Male gerichtlich nachgewiesen, das die Nikotin- und Teerwerte auf den „Light"-Zigaretten von Rauchmaschinen (von der Tabakindustrie entwickelt und eingesetzt) stammen und nichts mit der Wirklichkeit zu tun haben. Eine Rauchmaschine raucht anders als ein Raucher: Sie nimmt nur *einmal pro Minute* einen Zug von *zwei Sekunden* Länge. Insgesamt nur *acht Züge* pro Zigarette.
Kein Wunder, werden in *echten* Tests Werte erreicht, die *bis zu zwanzigmal höher* ausfallen können als auf der Packung deklariert.

---

[15] Institut für Epidemiologie, Zentrum f. Umwelt und Gesundheit, München

Eine Studie des Sigmaringer Landesuntersuchungsamtes hat Folgendes ergeben:

„Die 'leichten' Zigaretten enthalten gleich viel Nikotin und Teerstoffe wie 'normale'. Der Unterschied besteht lediglich darin, dass vor dem Filter z. B. Löcher angebracht sind, die der Raucher jedoch mit den Lippen oder den Fingern auch verdecken kann."

Zusammenfassend lässt sich festhalten, dass Light-Zigaretten keinesfalls „gesünder" sind. Dies wird nicht einmal von der Zigarettenindustrie selber behauptet, ganz einfach, weil es nicht stimmen würde. Es wird auf Plakaten deshalb nur „angedeutet", also alles ganz legal.

Schade, auf Light-Zigaretten umsteigen bringt also auch nichts.

Ausweichen auf Zigarren oder Pfeifen

Vielleicht spielen Sie mit dem Gedanken, auf Zigarren oder Pfeifen auszuweichen. Aber auch hier kommen Sie vom Regen in die Traufe. Bei dieser Art der „Drogeneinnahme" ist das Risiko von Mundhöhlenkrebs, Rachenkrebs, Zungenkrebs, Speiseröhrenkrebs, Magenkrebs, Nierenkrebs und Blasenkrebs gegenüber Zigarettenrauchern sogar *höher* und das Risiko von Lungenkrebs (v.a. der oberen Bereiche) fast gleich hoch wie bei Zigarettenrauchern. Auch das Risiko eines Schlaganfalles immer noch markant höher als bei Nichtrauchern. Das Fazit von Studien zu diesem Thema: *„Das schädigende Potenzial von Zigarrenrauch oder Pfeifenrauch entspricht demjenigen von Zigarettenrauch."*

Befreiung von der Droge

Das eben Gelesene mag Sie im Moment frustrieren. Aber das Schöne ist: Sie haben es gar nicht nötig, auf irgendetwas „umzusteigen". Nikotin ist eine Droge, und der Gedanke, eine Droge abzusetzen verursacht anfangs immer Angst.

Waren Sie einmal Heroinabhängig? Wahrscheinlich nicht. Und darum haben Sie auch keine Panik, wenn Sie wissen, dass Sie sich heute und morgen keinen Schuss setzen dürfen. Ein Heroinsüchtiger aber würde vor Panik Amok laufen. Dieses Gefühl, unter dem der Heroinabhängige leidet, wird also direkt vom Heroin verursacht. Wer kein Heroin konsumiert, kennt dieses Gefühl nicht.

Ein Nichtraucher kriegt keine Panik, wenn er weiss, dass er heute und morgen keine Zigaretten rauchen wird. **Drogen haben nur Macht über Sie, solange Sie diese konsumieren.** Sie sind auf dem Weg, sich aus dem Würgegriff der Droge Nikotin zu befreien. Arbeiten Sie weiter dieses Handbuch durch. Bald haben Sie alles beisammen, um der gesundheitsschädigenden Abhängigkeit für immer zu entkommen.

Regeneration

Die oben geschilderten Fakten stellen nur die Spitze des Eisbergs dar. Als Raucher verkürzen Sie Ihr Leben drastisch. Je nach Studie bis zu 15 Jahre. Findige Statistiker haben daraufhin ausgerechnet, dass jede Zigarette das Leben um 10 Minuten verkürzt. Das trifft jedoch nur zu, wenn Sie tatsächlich auch an einer Raucherkrankheit sterben. **Die gute Nachricht ist: Sie haben es selbst in der Hand, dies zu vermeiden.**

Wenn Sie – auch nach langjährigem Rauchen – den Ausstieg schaffen, beginnt Ihr Körper innerhalb kurzer Zeit nach der berühmten „letzten Zigarette" mit der Entgiftung und anschliessender Regeneration. Diese Vorgänge werden über Wochen, Monate und Jahre fortgesetzt. Nachfolgend finden Sie einige positive Veränderungen, welche Sie schon bald an sich selber bemerken werden:

8 Stunden

- Der Kohlenmonoxidspiegel sinkt und der Sauerstoffspiegel steigt auf normale Höhe. Das Blut kann somit bereits wieder mehr Sauerstoff transportieren und der Energiepegel steigt leicht an. Das wird von Rauchern mitunter auch als „Nervöses Kribbeln" wahrgenommen. Im Grunde ist das nichts anderes als vermehrte Energie, die sie so zu spüren bekommen.

24 Stunden

- Es lässt sich bereits ein Rückgang des Herzinfarktrisikos nachweisen.
- Die Durchblutung verbessert sich, die Haut fühlt sich deshalb zarter an (verringerte Sauerstoffzufuhr hat für die Erweiterung der Poren gesorgt. Die Haut ist „grau" geworden, erholt sich aber bei normaler Sauerstoffversorgung).

48 Stunden

- Die Nervenenden beginnen mit der Regeneration. Dadurch hören die Hände langsam auf zu zittern und das Essen schmeckt bereits intensiver.

2 Wochen bis 3 Monate

- Ihr Blutkreislauf stabilisiert sich und die Lungenfunktion verbessert sich um bis zu 30%.
- Das Gewebe wird besser durchblutet, darum verschwindet unter anderem auch das Zahnfleischbluten.
- Sie werden körperlich belastbarer, es wird Ihnen seltener schwindlig.
- Ihr Selbstwertgefühl und Ihr Selbstvertrauen nehmen immens zu. Das überträgt sich auch auf andere Lebensbereiche.

1 - 9 Monate

- Rückgang von Hustenanfällen, Verstopfung der Nasennebenhöhlen, Abgespanntheit und Kurzatmigkeit.

- Der Selbstreinigungsmechanismus der Lunge wird wieder aufgebaut. Dadurch erfolgt Schleimabbau und eine allgemeine Reinigung der Lunge sowie eine Verringerung der Infektionsgefahr.
- Die Konzentrationsfähigkeit wird durch den Entzug zwar zunächst ein wenig leiden, nach einem Monat aber wird diese gegenüber Ihrer Zeit als Raucher merklich erhöht.
- Ihre gesamten körperlichen Energiereserven erhöhen sich.

1 Jahr
- Das Risiko eines Herzinfarktes hat sich halbiert.
- Die radioaktive Strahlung Ihrer Lunge beträgt nur noch ein Viertel des Ausgangswertes.
- Präkanzeröse Zellen (Vorstadium von Krebszellen) werden langsam durch gesundes Gewebe ersetzt. Der Körper repariert sich also von innen her.

5 Jahre
- Das Lungenkrebs-Risiko hat sich halbiert.
- Das Herzinfarkt-Risiko verringert sich in einem Zeitraum von 5 - 15 Jahren auf das eines Nichtrauchers.
- Das Krebsrisiko von Mund, Luft- und Speiseröhre hat sich halbiert.

10 Jahre
- Das Lungenkrebsrisiko ist praktisch gleich tief wie das eines Nichtrauchers.
- Das Krebsrisiko von Mund-, Luft- und Speiseröhre, Harnblase, Nieren und Bauchspeicheldrüse ist praktisch gleich tief wie das eines Nichtrauchers.

Sie sehen, es lohnt sich immer, mit dem Rauchen aufzuhören. Selbst wenn Sie bereits an einer Raucherkrankheit leiden sollten. Der Krankheitsverlauf wird dann zumindest aufgehalten und erkrankte Zellen reparieren sich ein Stück weit selber.

Zusammenfassung
Zigaretten sind das einzige legal verkaufte Verbraucherprodukt, das eindeutig Krebs erregend ist, wenn es benutzt wird. Der Verkauf von Tabak unterliegt keiner Restriktion. Ein Medikament mit solch krassen Nebenwirkungen würde niemals zum Verkauf zugelassen werden.

Nicht jeder Raucher stirbt an Lungenkrebs, Herzinfarkt oder an einer anderen Raucherkrankheit. Aber das Risiko, frühzeitig zu sterben, ist um ein Vielfaches höher als bei Nichtrauchenden. Immerhin betrachtet eine Untersuchung der WHO (Weltgesundheitsbehörde) das Rauchen als die meistvorkommende Ursache für selbstverschuldete Todesfälle.

Etwa 8'300 Personen starben 1998 alleine in der Schweiz an den Folgen des Rauchens, das entspricht über 20 Toten – oder einer ganzen Schulklasse – *jeden Tag*. Rauchen tötet in der Schweiz mehr Menschen als AIDS, Kokain, Heroin, Alkohol, Autounfälle, Morde und Selbstmorde zusammengenommen. [16]
Etwa *die Hälfte aller Rauchenden* stirbt früher oder später am Tabakkonsum.[17]
Raucher spielen somit wahrhaftig „Russisch Roulette" mit sich selbst.

Aber Sie wollen Ihrem Körper diese Tortur nicht länger antun. Das ist der richtige Entscheid, und in den nächsten Tagen eignen Sie sich das notwendige Wissen an, um dieses Vorhaben auch in die Tat umsetzen zu können.

Aufgabe: Zigarette bewusst rauchen
Bestimmt ist es Ihnen nicht leicht gefallen, dieses Kapitel durchzulesen, wurden Sie doch mit den gesundheitlichen Folgen der Nikotinabhängigkeit konfrontiert.

Es geht hier nicht in erster Linie darum, Angst zu verbreiten. Für Sie als angehender Nichtraucher ist es ausserordentlich wichtig, dass im Kopf die Realität einkehrt und die verharmlosenden und verlogenen Traumbilder der Tabakwerbung langsam an Kraft verlieren.

Nachdem Sie sich durch all diese Fakten hindurchgearbeitet haben, bitte ich Sie jetzt, eine Zigarette zu rauchen.

Das ist ernst gemeint!

Ich möchte allerdings, dass Sie diese Zigarette ganz *bewusst* „geniessen". Lassen Sie sich dabei von niemandem stören und von nichts ablenken. Schweifen Sie mit den Gedanken nirgendwohin ab.

Nur Sie und Ihre Zigarette!

Nehmen Sie einen Zug und folgen Sie in Gedanken dem Rauch, wie er tief in Ihre Lunge strömt.

Spüren Sie, wie schnell das Nikotin im Gehirn andockt und dafür sorgt, dass Sie sich sogleich entspannt fühlen. Fühlen Sie auch, wie sich gleichzeitig in den dünnen Lungenäderchen (Bronchien) der Teer ablagert und alles verklebt.

Merken Sie, wie das eingeatmete Kohlenmonoxid Ihre roten Blutkörperchen besetzt und es so dem Sauerstoff erschwert, dasselbe zu tun? Vielleicht bemerken Sie auch, wie aufgrund der Gefässverengung plötzlich die Hände oder Füsse kälter werden.

---

[16] BFS, BAG, Bundesamt für Polizei, Zahlen für das Jahr 1998
[17] Tabac et santé: les faits. WHO, Genf, 4/1999

Oder das Herz schneller schlagen muss, um den Organismus mit der nötigen Portion Sauerstoff zu versorgen.

Wenn Sie diese Übung richtig durchführen, dann wird Ihnen auffallen, dass eine Zigarette ja doch nicht so ein Genuss ist, wie Sie immer dachten. Und wenn Sie Morgen oder irgendwann später Lust und Zeit haben, rauchen Sie wieder eine Zigarette auf die eben beschriebene Art. Sie machen damit automatisch einen grossen Schritt in Richtung Nichtrauchen.

Schlussgedanke

Bestimmt ist es tragisch, seinen Beruf, viel Geld oder Freunde wegen Streitigkeiten zu verlieren. Doch nichts davon ist unwiderruflich. Wenn Sie sich anstrengen, können Sie all das zurückgewinnen. Bei der Gesundheit sieht das leider anders aus. Ihre Gesundheit mag Ihnen nichts wert sein, erst wenn Ihr Wohlbefinden ernsthaft bedroht ist und sich körperliche Gebrechen bemerkbar machen, realisieren Sie, dass die Gesundheit tatsächlich das wertvollste Gut eines jeden Menschen ist.

Denken Sie daran: Das Schlimmste am Rauchen ist nicht, dass Sie sich mit grosser Wahrscheinlichkeit irgendwann eine Raucherkrankheit einhandeln, sondern das Wissen, dass Sie diese Erkrankung selber zu verantworten haben.

Vorschau

Das war's schon wieder für heute. Im nächsten Kapitel erfahren Sie, was es mit den „Entzugserscheinungen" auf sich hat und was Sie tun können, um diese abzuschwächen und somit erträglich zu machen.
Wahrscheinlich sind Sie jetzt motiviert und wollen gleich weitermachen? Tun Sie das nicht: Bitte erst morgen weiterlesen!

Entzugserscheinungen

Tag

Körperliche Abhängigkeit

Wenn wir das Rauchen einmal näher betrachten, haben wir es – wie bei jeder Drogen-sucht – mit zwei verschiedenen Formen der Abhängigkeit zu tun. Es ist wichtig, zwischen diesen beiden Abhängigkeiten differenzieren zu können:

1. körperliche (physische) Abhängigkeit
2. geistige (psychische) Abhängigkeit

Wenn Sie bereits einmal aufgehört hatten zu rauchen, spürten Sie wahrscheinlich die Entzugserscheinungen, die von der körperlichen Abhängigkeit verursacht werden. Verantwortlich dafür ist das Nikotin. Es ist der eigentlich süchtigmachende Bestand-teil in der Zigarette.

Entzugserscheinungen sind der definitive Beweis, dass es sich beim Rauchen eben um Drogenabhängigkeit handelt und nicht um eine schlechte Angewohnheit. Anders gesagt: Das Nikotin ist letzten Endes verantwortlich dafür, dass Sie rauchen *müssen*, und dass Sie sich schlecht fühlen, wenn Sie längere Zeit nicht *können*.

Warum aber ist das so? Um diese Frage zu beantworten, machen wir einen kleinen Umweg über das Thema:

Was ist Sucht?

Ob wir glücklich sind, ob wir uns entspannt fühlen und alle anderen Gefühle die wir erleben, hängen zu einem Grossteil von verschiedenen chemischen Substanzen ab, von denen die meisten in unserem Gehirn produziert werden. Diese Substanzen werden *Neurotransmitter* (Nervenbotenstoffe) genannt.

Obwohl man heute noch relativ wenig über Neurotransmitter weiss, hat man doch schon einiges herausgefunden. So gibt es Stoffe die uns beruhigen, Stoffe die uns wach halten und so weiter. Das Gehirn kann einige dieser Botenstoffe sogar speichern und erst bei Bedarf ausschütten. Teilweise können wir die Produktion dieser Stoffe über die Ernährung steuern.

Erst wenn alle unsere Neurotransmitter in einer ausgewogenen Balance zueinander stehen, dann fühlen wir uns wohl.

Bemerkenswert ist, dass viele dieser Stoffe mit chemischen Substanzen verwandt sind, die auch von ausserhalb zugeführt werden können: Die Endorphine (*Endogene Morphine*) sind chemisch ähnlich aufgebaut wie Morphium. Es gibt Stoffe die dem THC (dem Wirkstoff im Hanf) ähneln oder dem Medikament Valium. Nikotin wiederum wirkt wie Acetylcholin, ein Transmitter der bei verschiedenen Empfindungen mitspielt.

Was passiert nun, wenn Sie Nikotin inhalieren?

1. Das Gehirn verwechselt das Nikotin mit Acetylcholin. Dadurch wird Ihr Geist stimuliert und Sie fühlen sich psychisch fit und angenehm angeregt.
2. Nikotin sorgt darüber hinaus für eine Freisetzung des Transmitters Dopamin. Dieser stimuliert das Belohnungszentrum (Nucleus accumbens). Das hat eine beruhigende Wirkung. Sie fühlen sich entspannt und erholt.

Zusammengefasst sind das lauter Vorteile. Mit nur einer Zigarette belohnen Sie sich selbst, sorgen dafür, dass Sie geistig wach sind und der Körper dabei schön entspannt ist. Zwar könnten Sie all diese Gefühle auch mit „hauseigenen" Transmittern erreichen, aber mit der Zigarette (Drogeninhaliergerät) geht's viel einfacher. Also denken Sie folgerichtig: *„Warum auch selber für eine gute Stimmung sorgen, kann ich ja mit der Zigarette jederzeit abrufen."*

Leider hat das Nikotin – wie jede Droge – auch seine Nachteile: Die oben beschriebene Wirkung wird nur kurzfristig erzielt. Bereits 20 Minuten nach der Einnahme ist der Effekt grösstenteils vorbei. Es muss wieder Nachschub beschafft werden. Aber macht nichts, die Packung ist fast noch voll! Also nochmals eine und nochmals eine und ...

Sie ahnen bereits, was nun passiert. Schon bald hat sich der körpereigene Stoffwechsel auf die regelmässige Nikotinzufuhr von aussen eingestellt und verringert die Produktion der körpereigenen Botenstoffe.
„Warum auch selber produzieren?, geht doch von aussen viel einfacher." sagt sich Ihr Körper und reagiert damit gleich wie Sie selbst.

Wenn Sie nun lange genug rauchen, verliert der Körper die Fähigkeit, die entsprechenden Botenstoffe selbst zu produzieren. Das hat fatale Folgen: Rauchen Sie eine Zeit lang nicht, erleiden Sie einen Acetylcholin-Mangel. Da der Körper diesen Botenstoff nicht mehr selber herstellen kann, müssen Sie diesen via Zigarette zuführen.

Sie *müssen* nun Rauchen, nur um sich gleich glücklich, geistig aktiv und körperlich entspannt zu fühlen wie ein Nichtraucher es sowieso schon die ganze Zeit ist.

Was vor Jahren so schön begonnen hatte, ist nun plötzlich zu einem Teufelskreis geworden, aus dem es keinen Ausweg mehr zu geben scheint. Bis Sie die nächste Zigarette rauchen, dann stimmt die Chemie plötzlich wieder. Mit andern Worten:

SIE SIND KÖRPERLICH ABHÄNGIG GEWORDEN

All die Vorteile, die Sie früher von der Zigarette gehabt hatten, sind nun verschwunden.

Sie rauchen nun nicht mehr, um sich gut zu fühlen, sondern nur noch, um sich nicht ganz so schlecht zu fühlen.

Sie haben sich abhängig gemacht. Oder medizinisch ausgedrückt: Sie stehen unter aversiver Kontrolle durch das Nikotin.

Sie können versuchen, Ihrer Sucht zu entkommen, aber was dann passiert ist klar: Setzen Sie die Zigaretten ab, fehlen Ihnen genau all diese Botenstoffe, mit denen Sie Ihr Gehirn und Ihren Körper jahrelang überflutet haben. Das Gehirn hat unterdessen fast vollständig verlernt, diese selber zu produzieren. Und das Resultat: Sie fühlen sich unwohl, gereizt und können sich nicht mehr konzentrieren. Mit andern Worten:

SIE SIND AUF DEM ENTZUG

Aber es gibt eine gute Nachricht: Ab dem Moment, in dem Sie die letzte Zigarette rauchen, beginnt sich nicht nur der Körper, sondern auch das Hirn zu regenerieren. Tatsächlich schlummern tief in seinem Innern noch sämtliche Programme, welche früher einmal aktiv die entsprechenden Botenstoffe hergestellt hatten. Nur müssen diese Programme wieder neu geladen und initialisiert werden. Das geht nicht von heute auf morgen, es braucht ein paar Tage Zeit.

An diesem Punkt verlassen wir nun die – stark vereinfachte – Theorie und wenden uns der Praxis zu:

Welche Entzugserscheinungen kommen auf Sie zu?

Nachdem Sie nun wissen, wie Abhängigkeit und Entzug in der Theorie funktionieren, stellt sich die Frage, ob der Rauchentzug für Sie schwierig werden wird. Die meisten Leute haben dazu eine der beiden folgenden Meinungen:

- Der Entzug wird ganz locker, das schaffe ich spielend
- Der Entzug wird brutal und schmerzhaft, das schaffe ich nie

Das ist beides nicht richtig. Eine unrealistische Katastrophenerwartung bringt uns genauso wenig weiter wie die unrealistische Erwartung, dass alles ganz mühelos

gelingen wird. Die Wahrheit liegt – wie so oft – genau dazwischen: Es wird nicht ganz leicht, aber mit der richtigen Vorbereitung schaffen Sie das!
Machen Sie sich klar, dass jedes Jahr alleine in der Schweiz zehntausende von Leuten dieser gemeinen Sucht entkommen. Gemäss der Schweizerischen Fachstelle für Alkohol- und andere Drogenprobleme gab es 1998 in der Schweiz:

- 33,2 % Raucher
- 47,6 % Nichtraucher
- 19,2 % Ex-Raucher

Also fast 20% aller Schweizer und Schweizerinnen (das sind über 1,4 Millionen Personen!) haben irgendwann einmal geraucht, konnten sich aber definitiv aus dem Gefängnis der Tabakabhängigkeit befreien. Auch Sie haben bald die Voraussetzungen geschaffen, um sich aus der Abhängigkeit befreien zu können.

Wie muss man sich jetzt den körperlichen Entzug von der Zigarette vorstellen? Die Erfahrungen gehen weit auseinander. Einige Ex-Raucher versichern glaubhaft, dass sie die Entzugserscheinungen, abgesehen von einer leichten Nervosität, einer Art „inneres Kribbeln" praktisch nicht zu spüren bekamen.
Andere wiederum würden während den ersten paar Tagen am liebsten „die Wände hoch" vor Nervosität. Aber auch in dieser zweiten Gruppe gaben die meisten zu, dass die Angst vor den Entzugserscheinungen weitaus grösser war, als die dann effektiv erlebten Symptome.

Sie sehen also: **In Tat und Wahrheit sind diese körperlichen Entzugserscheinungen mühelos zu bewältigen!**
Schliesslich handelt es sich dabei nicht um körperliche Schmerzen, es ist eher ein ruheloses Gefühl, eine Art Hungergefühl, vergleichbar mit einer inneren Leere.

Die meisten Auswirkungen des Nikotinentzuges werden bereits nach fünf bis zehn Tagen spürbar nachlassen, denn in diesen paar Tagen hat Ihr Körper das meiste Nikotin „herausgewaschen" und die Produktion der wichtigsten Nervenbotenstoffe weitgehend normalisiert. Trotzdem wird es eine Weile dauern, bis sämtliche Körperfunktionen wieder normal arbeiten.

Sie können Körper und Gehirn während dieser Zeit, in der beide Schwerstarbeit leisten müssen, wirkungsvoll unterstützen, etwa mit speziellen Lebensmitteln, welche die Produktion von Nervenbotenstoffen unterstützen oder bewusster Entspannung. Alle diese Möglichkeiten werden in späteren Kapiteln ausführlich beschrieben.

Aber gehen wir der Reihe nach:

Die ersten 5 Tage

Viele Ex-Raucher berichten, dass sie am ersten oder sogar am zweiten Tag keine grossen Entzugserscheinungen verspürten. Gewiss, dass man nun plötzlich keine Zigaretten mehr dabei hat ist ein „seltsames" Gefühl, aber der Körper reagiert noch nicht. Es scheint, als ob er noch auf eingelagerte Nikotinreserven zurückgreifen kann. Spätestens ab dem zweiten bis dritten Tag passiert es dann: Sie kommen auf den Entzug, Dieser Entzug kann die verschiedensten Erscheinungsformen mit sich bringen, hier sind die häufigsten aufgeführt:

Konzentrationsschwäche / Müdigkeit

Besonders in den ersten 5 - 7 Tagen des Entzuges werden diese beiden Symptome besonders ausgeprägt sein. Sie können sich schwer konzentrieren, sämtliche Gedanken kreisen immer um die Zigaretten. Kein Wunder, schliesslich haben Sie vorher bei jeder sich bietenden Gelegenheit geraucht. Sie geben in dieser ersten Zeit nicht nur eine tief verwurzelte Gewohnheit auf, Sie merken auch, dass Ihr Körper gegen den Entzug „rebelliert". Und das alles lenkt ganz schön ab.

Gegenstrategie:
Hier hilft Durchatmen an der frischen Luft und genügend Schlaf. Schalten Sie bewusst ab und zu eine Pause ein. In einem späteren Kapitel werden Sie noch Lebensmittel kennen lernen, die sich mit einem hohen Gehalt an B-Vitaminen sehr wohltuend auf das Gedächtnis auswirken.
Wenn Sie gar nichts mehr auf die Reihe kriegen: Legen Sie einen Moment alles hin und führen Sie eine Entspannungsübung durch. Wie das genau funktioniert erfahren Sie im Kapitel „Entspannung".

Schwindelanfälle / Kopfweh

Schwindelanfälle können vorkommen, vor allem wenn Sie einen tiefen Blutdruck haben. Es handelt sich dabei aber um kurze Schübe, die relativ schnell wieder vorbeigehen und absolut ungefährlich sind.
Beim Kopfweh trennen sich die Erfahrungen: Für die einen überhaupt nicht feststellbar, werden andere von heftigen Kopfweg-Attacken richtiggehend heimgesucht. Generell werden Frauen häufiger von Kopfweh geplagt als Männer.

Gegenstrategie:
Versuchen Sie sich zu entspannen. Legen Sie auch tagsüber eine Siesta ein. Ganz wichtig: Achten Sie darauf, dass Sie genügend Schlaf kriegen, unternehmen Sie ausgedehnte Spaziergänge an der frischen Luft und bringen Sie Ihren Kreislauf in Schwung.

Gesteigerter Appetit

Ein häufiges Phänomen beim Nikotinentzug ist, dass man plötzlich Lust hat auf Unmengen von Esswaren (vor allem Süssigkeiten).

Dieses Symptom hat verschiedenste Ursachen und ist sehr komplex. Dem Thema ist ein eigenes Kapitel („keine Angst vor Übergewicht") gewidmet. Sie erfahren dort, warum diese Fresslust entsteht und auch, wie sie wirkungsvoll bekämpft werden kann.

Veränderte Körperwahrnehmung

Generell stehen Sie in den ersten paar Tagen wahrscheinlich ein wenig „ausserhalb" Ihres Körpers. Sie werden gewisse Veränderungen wahrnehmen können. Zum Beispiel fühlt sich die Haut aufgrund der besseren Durchblutung nach 2 - 3 Tagen fühlbar zarter an. Möglicherweise spüren Sie in den Unterarmen auch plötzlich den Pulsschlag und wie das Blut durch die Adern rauscht. Es kann auch vorkommen, dass Sie an den Händen oder am Bauch urplötzlich zu schwitzen beginnen. In ein paar Minuten ist dann alles wieder vorbei.

Gegenstrategie:
Gegen diese veränderten Wahrnehmungen können Sie nichts unternehmen. Das ist auch nicht nötig. Was Sie hier erleben ist etwas absolut Positives: Die Regeneration Ihres Körpers! Dieser stellt sich um auf ein Leben ohne Nikotin. Es genügt also, wenn Sie aufmerksam beobachten, fühlen was passiert und sich freuen, dass sich Ihr Körper Stück für Stück erholt.

Hustenanfälle

Viele Raucher sind erstaunt über die Tatsache, dass sie kurz nach dem Rauchstopp von regelrechten Hustenattacken geplagt werden. Warum passiert das?
Die Atemorgane haben einen komplizierten Mechanismus, um eingeatmeten Dreck möglichst schnell wieder loszuwerden. Dazu befinden sich auf den Schleimhäuten Flimmerhärchen. Bleibt darauf Dreck liegen, erfolgt eine Reizung der Lunge, und die Fremdpartikel werden mit einem kräftigen Husten ausgestossen. Bei einem Raucher funktioniert dieser Mechanismus nicht mehr, da die Flimmerhärchen unter einer Teerschicht begraben sind.
Hören Sie nun aber auf zu Rauchen, regenerieren sich die Atemorgane relativ schnell und nehmen ihre ursprüngliche Arbeit wieder auf. Ein gewisser Teil des unterdessen eingelagerten Drecks wird nun wieder ausgestossen. Darum husten frischgebackene Ex-Raucher in den ersten paar Tagen mehr, als zu früheren Raucherzeiten.

Gegenstrategie:
Im Prinzip können Sie normalen Hustensaft benutzen. Ich halte das aber nur in Ausnahmefällen für empfehlenswert, für einen Abend in der Oper oder sonstige Situationen, in denen Ihnen dieser Husten peinlich sein sollte. Schliesslich handelt es sich hier um einen Selbstreinigungsmechanismus, der wieder in Gang gesetzt wurde. Der Husten verschwindet von alleine wieder, wenn der Dreck hinausbefördert worden ist.

Verstopfung

Nikotin regt den Darm an. Wenn Sie diesen nun jahrelang mit Nikotin „verwöhnt" haben, kann es sein, dass Sie während der ersten Tage als Ex-Raucher unter Verstopfung leiden. Es tritt hier der gleiche Effekt auf wie bei den Neurotransmittern. Der Körper muss wieder lernen, die Verdauung ohne fremde Hilfe von aussen zu regeln. Ihr Verdauungsapparat braucht eine Weile, bis er auch ohne „Doping" wieder normal arbeitet.

Gegenstrategie:
Um einer eventuellen Verstopfung zu begegnen, hilft in erster Linie eine ballaststoffreiche Ernährung: Essen Sie viele frische Früchte, Gemüse und wenn immer möglich Vollkornprodukte (Teigwaren, Brot usw.). Achten Sie darauf, dass Sie genug trinken (min. 1,5 Liter pro Tag) und sich ausreichend bewegen. Spazieren gehen hilft enorm.

Nervosität / innere Unruhe:

Für gewisse Leute das Hauptübel beim Entzug. Sie werden 1 - 2 Wochen eine gewisse Grundnervosität verspüren. Diese werden Sie als leichtes Kribbeln feststellen, als „ruhelosen Zustand"
Eigentlich sind das Anzeichen von ENERGIE! Energie, die während des Rauchens nicht vorhanden war, die Sie erst jetzt wieder spüren. Im Prinzip also etwas sehr Erfreuliches. Sie müssen lediglich dafür sorgen, dass diese Energie jetzt in positive Bahnen gelenkt wird, statt mit Zigaretten unterdrückt.

Gegenstrategie:
Am allerbesten lässt sich mit dieser Nervosität umgehen, indem Sie sich körperlich betätigen. Ein kleiner Spaziergang oder tiefes Durchatmen wirken Wunder.
Nehmen Sie keine chemischen Beruhigungsmittel. Diese kappen nur die Nerven und lassen so keine Gefühle mehr durch. Sie werden „chemisch kaltgestellt". Ihr Gehirn braucht dann entsprechend länger, bis die Produktion der Nervenbotenstoffe im normalen Bereich läuft.

Gemütsschwankungen / Gereiztheit / Angst

Möglicherweise erleben Sie, dass Sie vor allem während den ersten 1 - 2 Wochen des Entzuges innert Minuten von totaler Euphorie in eine ausgewachsene Depression fallen oder umgekehrt. Auch die Seele leidet mit dem Körper. Vielleicht fühlen Sie sich manchmal schwach oder hilflos. Eventuell sind Sie gereizt und explodieren bei der kleinsten Belanglosigkeit.

Gegenstrategie:
Auch hier hilft das Wissen, dass es sich um eine vorübergehende Folge des „Drogenentzuges" handelt. Versuchen Sie sich beim Anflug von schlechten Gefühlen zu entspannen. Lassen Sie für den Moment alles liegen und atmen Sie tief durch. Wenn

sich die Möglichkeit bietet, gehen Sie an die frische Luft. Im Übrigen dürfen Sie Ihre Umgebung auch darauf hinweisen, dass Sie sich gerade das Rauchen abgewöhnen.

Schlaflosigkeit / Einschlafschwierigkeiten

Viele frischgebackenen Ex-Raucher klagen über diese Symptome. Auch hier gilt: Die einen trifft es mehr, die anderen weniger. Manche träumen sogar vom Rauchen. Vielen ist es passiert, dass sie im Traum der Versuchung einer Zigarette nicht widerstehen konnten und dann total frustriert aufgewacht sind mit dem Gedanken „Jetzt war alles wieder umsonst." Dabei sind solche Träume nicht nur frustrierend, sondern auch überaus wichtig. Betrachten Sie Ihre Träume als eine Art „seelischen Reinigungsmechanismus". Hier verarbeitet das Unterbewusstsein die Tatsache, dass ab jetzt kein Nikotin mehr zur Verfügung steht.

Gegenstrategie:
Bei Einschlaf- oder Durchschlafschwierigkeiten hilft Folgendes: Trinken Sie Abends – ab etwa 4 Stunden vor dem Schlafengehen – keinen Kaffee und Schwarztee mehr. Meiden Sie ebenfalls Cola- und sonstige koffeinhaltige Getränke. Am besten schlafen Sie, wenn Sie sich tagsüber genügend bewegt haben und unmittelbar vor dem Zubettgehen ein Glas warme Milch trinken. Das ist ein uraltes Hausmittelchen, aber es wirkt! Von der Benutzung von chemischen Schlafmitteln rate ich ab. Es handelt sich dann nicht um einen richtigen Schlaf, sondern um eine chemisch herbeigeführte Bewusstlosigkeit.

Keine Panik

Sie sehen, die Reaktion Ihres Körpers kann im schlimmsten Falle ein bisschen heftig werden. Vielleicht haben Sie nach dem Durchlesen der möglichen Entzugserscheinungen nun ein wenig den Mut verloren. Dazu besteht kein Grund. Lassen Sie mich drei Dinge klarstellen:

1. Sie werden einige, aber kaum alle der oben genannten Entzugserscheinungen erleben. Es ist also *möglich*, dass Sie die eine oder andere Auswirkung spüren, aber unwahrscheinlich, dass Sie persönlich *von allen* diesen Entzugsformen „heimgesucht" werden.
2. Die einzelnen Entzugserscheinungen sind keine Probleme, die Sie jetzt ein Leben lang zu erleiden haben. Im Gegenteil: Diese Symptome werden nur am Anfang (die ersten 5 - 10 Tage) ausgeprägt sein, sie verschwinden also sehr bald wieder.
3. Mit der richtigen Einstellung können Sie die Entzugserscheinungen sogar durchaus geniessen (dazu später mehr).

Der erste Monat

Wie erwähnt, werden sich *alle* diese Symptome im Verlaufe der ersten Woche grösstenteils verlieren. Sie werden noch ein wenig Mühe haben mit der Konzentration oder ein paar Nächte nicht durchschlafen können, aber nach der ersten Woche ist das

Schlimmste überstanden. Nach einem Monat haben sich dann die allermeisten Funktionen wieder eingependelt.

Stellen Sie sich das jetzt bitte nicht als eine Art Lichtschalter vor, der nach einem Monat ausgeknipst wird und dann ist alles vorbei. Die Übergänge sind fliessend, und – was noch wichtiger ist – auch schwankend. Gewisse Symptome werden wie eine Welle mal verschwinden um dann nach ein paar Tagen wieder aufzutauchen. Es ist wie im Frühling, wenn die Tage langsam wieder wärmer werden. Da geht es ja auch nicht jeden Tag nur bergauf, gewisse Temperaturschwankungen sind normal. Aber die Grundtendenz zeigt nach oben, und ehe man sich versieht, ist es dann Sommer.

Denken Sie stets daran: Für alle diese Entzugserscheinungen gibt es nur einen einzigen Grund. Ihr Körper, diese perfekte Maschine, passt sich den neuen Gegebenheiten an. Er hat ein Reinigungsprogramm aktiviert und stellt sich auf eine Zukunft ohne Drogen ein. Darum ist das allerbeste Mittel gegen alle diese Symptome, wenn Sie sich dieser Tatsache bewusst sind. Das Wichtigste ist, diesen Entzugs(begleit)- erscheinungen positiv gegenüberzustehen.

Horchen Sie in Ihren Körper hinein und freuen Sie sich über die wunderbaren Abläufe, die da in Ihnen vorgehen, auch wenn es im Moment ein wenig unangenehme Begleiterscheinungen mit sich bringt.

Sie können den Körper bei dieser Reinigungsaktion wirkungsvoll unterstützen. Der Abbau dieser Giftstoffe wird beschleunigt, wenn Sie sich viel bewegen, frische Luft möglichst tief in die Lunge atmen und viel trinken – Wasser, Tee oder Fruchtsäfte. Sie schwemmen damit die Schadstoffe richtiggehend aus dem Körper heraus.

Kampf dem Nikotinteufel

Vergessen Sie nie: Alle Entzugssymptome haben Sie nur einer Droge zu verdanken, dem Nikotin! Benutzen Sie Ihre Fantasie, um sich in der ersten Zeit gegen Schmachtanfälle zu verteidigen. Verwandeln Sie das Ganze in ein Spiel. Betrachten Sie die Entzugserscheinungen als „Nikotinteufel". Mit jedem Tag, den Sie nicht rauchen, wird er schwächer. Klar, dass er sich dagegen wehrt und mit tausenden Tricks versucht, Sie zu überreden, wieder eine Zigarette zu rauchen.

Sehr hilfreich bei Entzugsattacken können Selbstgespräche sein. Wenn der Nikotinteufel Nikotin haben möchte, erklären Sie ihm laut und deutlich:

> *„Finde dich damit ab, dass ich mich entschieden habe: Ich werde nicht mehr rauchen. Ich bin grösser und stärker als du, also bestimme ich die Regeln was gemacht wird und was nicht."*

Sie können den Nikotinteufel auch anschreien, wenn Ihnen danach ist, nur lassen Sie nicht zu, dass er wieder an sein Nikotin herankommt, er würde sofort wieder Kraft zurückhalten, auch mit nur einer einzigen Zigarette, ja mit nur einem einzigen Zug! Die ganze schwere Arbeit, die Ihr Körper bis dahin geleistet hat, wäre umsonst gewesen.

Auf die oben beschriebene Art können Sie auch mit Ihrem Körper sprechen und ihn so bei seiner Entgiftungsaktion unterstützen:

> *„Ich weiss, dass du im Moment viel Arbeit hast, und das nur, weil ich dich jahrelang mit einer Droge gequält habe. Entschuldige. Ab jetzt möchte ich wieder nett zu dir sein und ich verspreche dir, ich werde nie mehr eine Zigarette rauchen."*

Falls Sie gläubig sind, können Sie ebenso gut Gott, Allah, Buddha oder die Sonne um Mithilfe bitten.

Egal für welche Vorgehensweise Sie sich entscheiden, tun Sie es mit vollem Bewusstsein. Das Wichtigste ist, dass Sie die Fäden in der Hand halten. Lassen Sie sich nicht in eine Opferrolle drängen. Bleiben Sie nicht passiv. Mit der richtigen Strategie in der Hand verlieren die Entzugserscheinungen ihren Schrecken.

Bastelvorschlag

Nehmen Sie ein Stück Papier und malen Sie darauf einen Nikotin-Teufel, so, wie Sie ihn sich vorstellen. Unterteilen Sie die Karte mit 30 Linien. Jeden rauchfreien Tag übermalen Sie nun vor dem Schlafengehen in einem feierlichen Ritual jeweils eine Linie mit einem schwarzen Filzstift oder Kugelschreiber. Der Zigarettenteufel verschwindet somit mehr und mehr. Auf diese Art können Sie ihm am Anfang die Hörner abschleifen, irgendwann die Augen auskratzen und zum Schluss ist die Freude gross, wenn Sie ihm mit dem Stift quasi den Hals abschneiden.

Auf die Rückseite der Karte schreiben Sie motivierende Sätze, etwa die Vorteile des Nichtraucherdaseins oder die wichtigsten Gründe, warum Sie aufhören wollen zu

Rauchen. Wenn Sie diese Karte nun in die Brieftasche nehmen, haben Sie ein starkes Instrument in der Hand, auf das Sie in Notfällen zurückgreifen können.

Denken Sie nach: Welche „Spielchen" fallen Ihnen ein, um sich den Zigarettenteufel möglichst auf Distanz zu halten? Je mehr Ihnen in den Sinn kommt, desto leichter werden Sie ihn besiegen.

Hilfsmittel

In der Apotheke oder beim Arzt können diverse Hilfsmittel gegen Entzugserscheinungen bezogen werden. Die meisten der nachfolgenden Mittel beruhen auf dem Wirkstoff Nikotin. Nikotin-Ersatzprodukte können dann eine Unterstützung bringen, wenn man sich den körperlichen Entzug *ohne* nicht zutraut. Nachstehend eine kurze Übersicht:

Nikotin-Pflaster

Das Pflaster wird am Morgen aufgeklebt und den ganzen Tag über getragen. Das Nikotin wird so kontinuierlich über die Haut direkt in die Blutbahn abgegeben. Aufgrund seiner Funktionsweise eignet sich das Pflaster daher für Leute, welche ihre Zigaretten früher gleichmässig über den Tag verteilt geraucht haben. Pflaster sind in Apotheken in verschiedenen Stärken rezeptfrei erhältlich. Es wird empfohlen, die Dosis nach und nach zu senken. Mögliche Nebenwirkungen können Kopfschmerzen, Übelkeit, Hautirritationen und Schwächegefühle sein.

Nikotin-Kaudepot

Lassen Sie sich von der umgangssprachlichen Bezeichnung „Kaugummi" nicht täuschen: Es handelt sich hier um ein Medikament. Die Mediziner sprechen denn auch von einem „Kaudepot", dass via Mundschleimhaut Nikotin abgibt.
Nikotin-Kaudepots eignen sich für Leute, deren früherer Zigarettenkonsum gewisse „Spitzen" aufgewiesen hat oder auch als Sicherheit für akute Notfälle. Beim Einsatz von Kaugummi können Magenunverträglichkeiten auftreten, ausserdem verlagert sich in seltenen Fällen die Sucht von der Zigarette auf den Kaugummi. Kaudepots sind in Apotheken rezeptfrei erhältlich.

Nasenspray und Inhalator

Der Nasenspray ist eine Art Sprühflasche, das Nikotin wird direkt auf die Nasenschleimhaut gesprüht. Beim Inhalator handelt es sich um ein Röhrchen, welches Nikotin enthält. Man zieht daran wie an einer Zigarette.
Beide Mittel sind nur mit grösster Zurückhaltung zu empfehlen, da sie das Nikotin flush-mässig ins Gehirn bringen, also genauso wie beim Rauchen. Sowohl Spray als auch Inhalator sind nur auf Rezept erhältlich.

Neben den nikotinhaltigen Produkten existieren noch eine Reihe von weiteren möglichen Ausstiegshilfen:

Zyban

Die erste „Nichtraucherpille", die auf den Markt gebracht wurde. Es handelt sich dabei um ein Psychopharmaka, genauer ein Antidepressiva. Hauptwirkstoff ist Bupropion.

Bei seiner Lancierung wurden vom Hersteller Hoffnungen geweckt nach dem Motto „Aufhören zu rauchen ohne irgendwelche Anstrengung."
Im Nachhinein hat sich gezeigt, dass dieses Medikament doch nicht die erhoffte Wunderwaffe im Kampf gegen das Rauchen darstellt. Diverse Leute hatten darüber hinaus mit schwerwiegenden Nebenwirkungen zu kämpfen. Zyban ist nur auf Rezept erhältlich.

Hypnose

Obwohl die Wirksamkeit von Hypnose in vielen empirischen Studien nachgewiesen wurde, bestehen immer noch Akzeptanzprobleme und Informationsdefizite" (deutsches Ärzteblatt 2004).
Die klinische Hypnose hat nichts mit Schlaf oder Machtlosigkeit zu tun. Dass die Hypnosetherapie eine effiziente, seriöse Therapieform ist, zeigt auch die Tatsache, dass die Hypnose im Jahr 2006 vom wissenschftlichen Beirat Psychottherapie in Deutschland als wissenschaftliches Verfahren anerkannt wurde. Hypnose als therapeutische Methode hat nichts mit Schlaf oder Ausgeliefert sein zu tun. Sie ist vielmehr eine Art Kombination von Entspannung und fixierter Konzentration auf das Thema der Behandlung. In diesem angenehmen Zustand ist das Unterbewusstsein erhöht ansprechbar und geistige Programme können verändert werden.
Die Raucherentwöhnung mit Hypnose braucht in der Regel nur zwei Sitzungen und hat auch bei langjährigen, starken Rauchern eine hohe Erfolgsquote.

Empfehlenswerte Hypnose-Praxen finden Sie zum Beispiel hier:
Zürich / Luzern: www.hypnowell.ch
Basel: www.hypnose-therapie.com
Zug / Schwyz: www.rigipraxis.ch

Fazit

Keine der vorgestellten Methoden ist eine 100%-Garantie für's Nichtrauchen. Die gezeigten Präparate und Methoden können jedoch vor allem am Anfang helfen, die Entzugssymptome zu vermindern. Sollten Sie sich entscheiden, eine Hilfe zu benutzen, wählen Sie ein Mittel, das Ihnen und Ihren Bedürfnissen entspricht. Informieren Sie sich beim Arzt oder Apotheker.

Nochmals: Am allerwichtigsten ist, dass Sie gut auf die Entwöhnungszeit vorbereitet sind. Medikamente und andere Hilfsmittel können hilfreich sein, aber den entscheidenden Anteil können nur Sie selber leisten.

Das Wichtigste für den definitiven Rauchstopp ist eine für Sie passende Strategie, welche erst den langfristigen Erfolg garantiert. Und genau an dieser Strategie arbeiten Sie zur Zeit.

Vorschau

Das war's bereits für heute. Hoffentlich ist Ihr Entschluss, Nichtraucher zu werden, wieder ein wenig stärker geworden. Lesen Sie weiterhin diesen Wegweiser und Sie haben das Ziel bald erreicht. Morgen steht ein wichtiges Thema auf dem Plan: Der Aspekt der psychischen Abhängigkeit.

PS: Sie hatten am Ende des gestrigen Kapitels eine Zigarette *ganz bewusst* geraucht. Haben Sie das heute auch mindestens einmal gemacht? Falls Ja: Ausgezeichnet! Es lohnt sich, das Rauchen aus dem Schatten der Gewohnheit in die Bewusstheit zu holen.

Zigaretten als Anker

Wie Sie wissen, ist die körperliche Abhängigkeit etwa einen Monat nach dem Rauchstopp grösstenteils überwunden. Warum kommt es dann vor, dass manchmal Ex-Raucher auch nach dieser Zeit wieder rückfällig werden?
Die Antwort: Weil Zigaretten nicht nur körperlich, sondern auch psychisch abhängig machen. Heute gehen wir der Frage nach, was *psychische Abhängigkeit* konkret bedeutet.

Das Unterbewusstsein
Im Grunde wissen Sie seit langem, dass rauchen ungesund ist, trotzdem können Sie es nicht lassen. Der Verstand (Bewusstsein) sagt also *nein* zum Rauchen, das Gefühl (Unterbewusstsein) sagt hingegen *ja*. Sie fühlen sich innerlich zerrissen. Wenn Sie schon erfolglos versucht haben, das Rauchen aufzugeben, nehmen Sie vielleicht an, Sie hätten einen schwachen Willen. Das trifft nicht unbedingt zu. Tatsache ist: Sie haben ein sehr starkes *Unter*bewusstsein.

Sie können sich noch so lange einreden, dass Sie nicht mehr rauchen sollten (das passiert im Bewusstsein) oder sich nur auf die Willenskraft verlassen (auch das passiert im Bewusstsein). Solange Ihr Unterbewusstsein mit diesem Ziel nicht ebenfalls einverstanden ist, wird es früher oder später dafür sorgen, dass Sie wieder zu den Zigaretten greifen. Erst wenn Bewusstsein *und* Unterbewusstsein zusammenarbeiten, bleiben Sie Nichtraucher. Sie müssen dann nicht mehr kämpfen, sondern verlieren schlicht die Lust am Rauchen.

Der schlafende Riese
Sämtliche Organfunktionen, die Verdauung, die Atmung, selbst das Wachstum des Körpers, alles wird vom Unterbewusstsein gesteuert, ohne das Sie sich auch nur im Geringsten darum kümmern müssen. Auch alle Gefühle kommen aus dem Unterbewusstsein. Das ist der Grund, warum Gefühle nicht einfach abgestellt werden können. Und weil Rauchen sehr viel mit Gefühlen zu tun hat, können Sie sich nun vorstellen, dass ein grosser Teil dieses „Rauchenwollens" eben im Unterbewusstsein stattfindet.

Sie ahnen es schon: Obwohl Sie das Unterbewusstsein nicht wahrnehmen, ist es viel mächtiger als das Bewusstsein. Wie beim Eisberg: Der sichtbare Teil über Wasser (Bewusstsein) ist viel kleiner als der Teil unter Wasser (Unterbewusstsein). Und wenn nun der Teil über Wasser nach Süden will, der Eisberg sich jedoch im Golfstrom befindet der nach Grönland treibt, was glauben Sie, wo die Reise hingeht?

Um erfolgreicher Nichtraucher zu werden, müssen Sie also dafür sorgen, dass sowohl Wille (Bewusstsein) *und* Gefühl (Unterbewusstsein) mit diesem Ziel einverstanden sind. Nur wenn beide in die gleiche Richtung wollen, gelingt der Rauchstopp.

Kommunikation mit dem Unterbewusstsein

Sie können mit Ihrem Unterbewusstsein kommunizieren. Um das Unterbewusstsein zu einem starken Verbündeten zu machen, müssen Sie allerdings zuerst lernen, dessen Sprache zu beherrschen. Beachten Sie dazu folgende 5 Punkte:

1. Das Unterbewusstsein ist ein Wahrnehmungsorgan und lässt sich deshalb nicht via Verstand – also mit Worten – ansprechen, es „versteht" nur Emotionen. Um das Unterbewusstsein zu erreichen, müssen Sie darum mit Gefühlen arbeiten – also inneren Bildern, Geräuschen, Tasteindrücken, Tönen, und Gerüchen. Benutzen Sie dazu möglichst alle 5 Sinne. Je mehr Sie davon einbeziehen, umso stärker wird die Nachricht an das Unterbewusstsein.

2. Verwenden Sie keine Negationen. Das Unterbewusstsein kann mit Worten wie *„nicht"* oder *„kein"* nichts anfangen. Der Grund ist, dass es eben nicht mit Worten funktioniert, sondern mit Bildern. Wenn Ihnen jemand sagt: „Denke *nicht* an einen grünen Elefanten", woran denken Sie dann? Genau, an einen grünen Elefanten. Das Gleiche spielt sich auch vor einer Prüfung ab, wenn Sie innerlich beten: „Hoffentlich werde ich *nicht* nervös!" Das Unterbewusstsein reagiert auf das Wort *nervös* und ruft alle damit gespeicherten Assoziationen ab: Schneller Puls und Schweissausbrüche. Besser hätten Sie sich gewünscht, schön gelassen zu bleiben. Jetzt merken Sie, dass wir eine kleine Schwierigkeit haben. In der deutschen Sprache gibt es für das Wort „Raucher" keine positive Alternative. Beim Wort „*Nicht*raucher" muss das Gehirn, um die Bedeutung von „Nicht"raucher abzurufen, zuerst die Bedeutung von „Raucher" abrufen. Benutzen Sie stattdessen Ausdrücke wie „Frischluftatmer" oder „freier Mensch". Bestimmt finden Sie noch etwas Passenderes.

3. Konzentrieren Sie sich auf das zu erreichende Ziel, nicht auf das Problem. Denken Sie immer daran: Das Unterbewusstsein kann nur Gefühle (Bilder) entgegennehmen, keine Worte. Wenn Sie nun immer an das Problem denken, wird sich das Bild davon richtiggehend in Ihr Unterbewusstsein einbrennen. Denken Sie darum lieber an das Ziel, das Sie verfolgen, an den Zustand, den Sie erreichen wollen.

4. Benutzen Sie für die Kommunikation mit dem Unterbewusstsein immer die Gegenwart. Formulieren Sie so, als hätten Sie das Ziel bereits erreicht. Wenn Sie Sätze wie „Ich möchte gerne ..." oder „Ich werde bald ..." benutzen, dann erkennt das Unterbewusstsein nur, dass genau dies eben noch nicht der Fall ist.

5. Das Schöne am Unterbewusstsein: Im Gegensatz zum Bewusstsein erfolgt hier kein Realitäts-Check. Dies haben Sie bestimmt schon festgestellt, wenn Sie geträumt haben. Auch Träume kommen aus dem Unterbewusstsein. Darum dürfen Bilder, die Sie ans Unterbewusstsein übermitteln ruhig auch unrealistisch und abstrus sein. Es spielt auch keine Rolle, ob Sie etwas tatsächlich erlebt oder sich nur ausgedacht haben. Auf die Wirkung auf Ihr Unterbewusstsein hat das keinen Einfluss.

Soweit die wichtigsten Punkte der Theorie. Die nachfolgende Übung zeigt, wie Sie in der Praxis Bilder ans Unterbewusstsein übermitteln.

Lehnen Sie sich zurück, schliessen Sie die Augen, halten einen Moment inne und denken an gar nichts, und dann stellen Sie sich folgende Situation in allen Einzelheiten vor:

Übung:
Sie stehen auf einer Blumenwiese. Sie hören Vögel zwitschern, die Sonne wärmt Ihre Haut. Sie atmen tief ein, und nehmen den Duft der Blumen so intensiv wahr, wie seit langem nicht mehr. Nun marschieren Sie los, gehen einen Fluss entlang; es ist Ihnen, als könnten Sie sogar die Frische des Wassers riechen. Sie sind so froh, dass Sie dieses herrliche Umfeld jetzt geniessen können, ohne ständig alles mit einer Zigarette kaputtmachen zu müssen. Sie sind glücklich dass Sie sich für den wahren Weg entschieden haben: Sie brauchen keine Zigaretten mehr. Sie sind für immer frei!

Denken Sie sich für *Sie persönlich* passende Szenarien aus. Vielleicht, wie Sie ...

- ... Sport treiben oder eine Treppe hinaufgehen, ganz ohne Atemnot
- ... jemanden küssen, ohne ein schlechtes Gewissen wegen Mundgeruch haben zu müssen
- ... am Morgen in den Spiegel sehen, Ihre Haut wunderbar durchblutet ist und die Zähne richtig weiss blitzen

Wichtig ist nur, dass Sie dieses wunderbare Gefühl der Freiheit (ohne Zigarette) möglichst plastisch spüren, eben mit allen Sinnen:

- wie frisch Sie sich fühlen
- wie Ihre Familie und Freunde Sie loben
- wie stolz Sie auf sich sind
- wie glücklich Sie sind, jetzt endlich frei zu sein

Wenn Sie sich für diese Übungen genug Zeit nehmen und sie regelmässig durchführen, installieren Sie so ein positives Gefühl für Ihre persönliche Freiheit. Je plastischer, schöner und genauer Ihre Vorstellung von sich selbst als Nichtraucher ausfällt, desto stärker verankern Sie dieses Bild im Unterbewusstsein.

Sie sind skeptisch, dass das funktioniert? Das macht Ihrem Unterbewusstsein nichts aus. Probieren Sie es einfach aus. Führen Sie diese Übung regelmässig durch – etwa vor dem Einschlafen. Sie werden innert wenigen Tagen eine positive Veränderung bemerken.

Falls Sie Zweifel haben am Erfolg dieser Methode liegt das daran, dass die meisten Menschen es nicht gewohnt sind, mit dem Unterbewusstsein zu kommunizieren. Tatsache ist aber, dass Sie mit diesem Vorgehen nicht nur die Zigarettenabhängigkeit überwinden können, sondern praktisch *jedes* Problem effizient aus der Welt schaffen.

Von Hunden und Zigaretten

Jeder Psychologie-Student kennt das pawlowsche Experiment: Dabei hat ein russischer Wissenschaftler mit einer Gruppe von Hunden Folgendes angestellt: Jedes Mal, bevor die Hunde ihr Futter bekamen, hat Pawlow vorher an einer Glocke geläutet. Bald brachten die Hunde im Unterbewusstsein das Glockengeläute mit dem Fressen in Verbindung. Nun reichte es, wenn Pawlow die Glocke läutete, und die armen Tiere sind vor Fresslust fast Amok gelaufen. Ganz egal, ob tatsächlich etwas zum Essen da war oder nicht.

Was ist hier passiert? Pawlow hat ein bestimmtes Ereignis (hier also das Fressi) an einem Anker (Glocke) aufgehängt. Nach einer gewissen Zeit musste Pawlow nur den Anker benutzen, und bei seinen Hunden wurden alle Gefühle wieder ausgelöst (abgerufen), die mit dem Ereignis Fressen zusammenhängen. Und obwohl diese beiden Dinge völlig unabhängig voneinander sind, konnten sich die Hunde unmöglich dagegen wehren.

Nun ja, ein Hund ist ein schlichtes Wesen, mögen Sie jetzt denken. Also was soll diese Geschichte? Der Trick ist, dass dieser Mechanismus auch bei Ihnen funktioniert. Man sagt diesem Vorgang in der Psychologie auch *Konditionierung* oder eben *„einen Anker setzen"*.

Die Zigarette als Anker

Stellen Sie sich folgende Situation vor: Sie sind in den Ferien, sitzen am Meer, schauen den Leuten zu, hören die Wellen rauschen, geniessen die salzige Meeresluft in der Nase, Sie spüren wie die Sonne warm auf Ihre Haut scheint und weit draussen tuckert ein Fischerboot vorbei. Schön, nicht? Und wenn Sie nun so rundum zufrieden sind und entspannt, dann zünden Sie sich eine Zigarette an. Und jetzt kommt's: Ohne dass Sie es merken verbindet Ihr Unterbewusstsein das gute Gefühl das Sie onehin schon haben, mit der Zigarette, die Sie rauchen.

Wenn sich dieses Spiel nun ein paar Mal wiederholt, hat die Falle zugeschnappt. Sie haben sich in Form der Zigarette einen Anker gesetzt. Erinnern Sie sich an das pawlowsche Experiment: Der Hund war voll auf „Fressen" programmiert, obwohl gar nichts da war, nur die Glocke hat geläutet. Und genauso fühlen Sie sich in Zukunft gut, wenn Sie eine Zigarette rauchen, denn das ist der Anker, an dem Sie vorher gute Gefühle festgemacht hatten.

Erinnern Sie sich zurück an die Zeit, als Sie anfiengen zu Rauchen: Damals bestand noch keine körperliche Nikotinabhängigkeit, Sie haben nur in Situationen geraucht, in denen Sie sich rundum zufrieden fühlten:

- wenn Sie mit Freunden zusammen waren
- nach einem guten Essen
- nach dem Sex
- nachdem Sie eine schwierige Aufgabe gelöst hatten
- während eines Sonnenuntergangs am Meer
- usw.

Jedes Mal haben Sie damals die Zigarette als Anker benutzt und daran gute Gefühle festgemacht. Und immer, wenn Sie in so einer Situation eine Zigarette rauchten, haben Sie diesen Anker wieder neu aufgeladen.

Ist ein Anker einmal stark genug aufgeladen, kann man die daran aufgehängten Gefühle bei Bedarf wieder „abrufen". Wenn Sie nun vor einer Aufgabe stehen, der Sie sich nicht gewachsen fühlen, was machen Sie dann? Genau: Sie zünden sich eine an und fühlen sich auch sogleich besser, denn der Anker gibt Ihnen nun im Voraus das Gefühl, es geschafft zu haben. Wenn Sie dann die Aufgabe erledigt haben, rauchen Sie wieder eine Zigarette, und das gute Gefühl (ich habe die Aufgabe ge-schafft) wird vom Unterbewusstsein wieder mit der Zigarette in Verbindung gebracht.

Zusammengefasst: Jedes Mal, wenn Sie sich gut fühlen und eine Zigarette rauchen, verbindet sich dieses gute Gefühl mit der Zigarette. Ihr Unterbewusstsein „verwech-selt" also das gute Gefühl, dass Sie aus irgendeinem Grunde haben und schiebt das der Zigarette zu.

Ein anderes Beispiel ist die allein erziehende Mutter, die den ganzen Tag unter Stress stand und nun ihre Kinder ins Bett gebracht hat. Jeweils vor dem Schlafengehen genehmigt sie sich noch eine Zigarette und ankert damit die himmlische Ruhe und die Entspannung, die nach einem harten, entbehrungsreichen Tag jetzt plötzlich da ist. Wenn sich die Mutter das nächste Mal vom Lärm der kleinen Schreihälse überfordert fühlt, zündet sie sich eine an und sogleich kommt auch die Ruhe zurück, die ihr Unterbewusstsein an der Zigarette aufgehängt hat.

Diese Anker-Situationen sind überall zu finden, Sie müssen gewisse Situationen nicht einmal selbst erlebt haben, damit die Anker wirksam werden:
Sicher haben Sie im Fernsehen auch schon eine Szene gesehen, wo ein Pärchen Sex hatte. Und was haben die beiden danach gemacht? Genau, eine Zigarette angezündet. Und wieder hat das Unterbewusstsein diese Botschaft verstanden und den Sex mit der Zigarette verankert, ohne dass Sie selbst das mitbekommen haben.

Fazit

Die Psychologen formulieren das so: Jeder emotionale Impuls über einem gewissen Schwellenwert lässt Sie eine Zigarette anzünden. Der Grund ist nun leicht zu verstehen: Wenn es Ihnen gut geht, laden Sie Ihren Anker auf, wenn es Ihnen schlecht geht, benutzen Sie den Anker als Ressource.

Damit keine Missverständnisse aufkommen: **Es ist absolut nichts gegen Anker einzuwenden**, ganz im Gegenteil: Anker richtig eingesetzt entfalten eine sehr starke positive Wirkung. Genau wie Sie das ja mit den Zigaretten auch immer wieder erleben. **Nur haben Sie sich mit den Zigaretten ausgerechnet einen Anker ausgesucht, der Ihre Lebensenergie einschränkt, die Nerven kaputtmacht, Ihre Finger und Tapeten gelb-braun verfärbt und am Schluss Krebs verursacht.**

Weil es sich beim Nikotin darüber hinaus um eine Droge handelt, ist die Wirkung dieses Ankers auch noch stark inflationär, das heisst: Der emotionale Schwellenwert, der einen Rauchimpuls auslöst, sinkt im Laufe der Zeit. Haben am Anfang nur starke Emotionen zur Zigarette greifen lassen, löst schliesslich fast jede Emotion und jedes noch so kleine Problemchen einen Rauchimpuls aus. Überspitzt gesagt können Sie zum Schluss nicht mal mehr eine Glühbirne eindrehen, ohne vorher eine Zigarette anzuzünden. Sie kennen das aus eigener Erfahrung: In Situationen, in denen Sie sich über etwas ärgern oder vor etwas Angst haben, verspüren Sie diesen Drang, eine Zigarette anzünden zu müssen.

Die Herausforderung, die sich beim Rauchentzug nun stellt: Sie haben den Anker „Zigarette" über Jahre so stark aufgeladen, dass der Verlust desselben ohne einen gleichwertigen Ersatz sehr schmerzhaft wird. Wie können Sie die Macht dieses Ankers nun brechen? Ganz einfach: Indem Sie einen neuen Anker installieren.

Benutzen von positiven Ankern

Ersetzen Sie die Zigarette durch einen neuen Anker. Das kann irgendetwas sein, das Sie mit positiver Energie aufladen. Bei Bedarf rufen Sie durch diesen positiven Anker die Energie wieder ab.
Ein positiver Anker kann ein Foto vom letzten Urlaub sein, wie Sie in der Hängematte am Strand lagen und es sich gut gehen liessen. Wenn Sie dieses Foto nun anschauen,

so stellt sich diese entspannte Stimmung vom Urlaub wieder ein, möglicherweise fühlen Sie sogar wieder die Sonne auf der Haut, hören das Rauschen des Meeres und riechen die salzige Luft.

Klar, dieser Anker ist nicht so stark wie die Zigaretten. Kein Wunder, Sie haben ihn ja auch nicht tausende Male vorher aufgeladen.

Auch ein Lied oder eine Tonfolge dient vorzüglich als Anker. Wie beim Hund von Pawlow. Da wurde ja der Klang einer Glocke als Anker benutzt.

Erinnern Sie sich noch, welches Lied gerade lief, als Sie in der Schuldisco zum ersten mal mit jemandem schmusten? Wenn Sie dieses Lied heute wieder hören, ist sogleich dieses schöne Erlebnis von damals wieder wach. Sie können also gute Gefühle auch an einem Lied oder Geräusch aufhängen. Auch diesen Anker laden Sie so lange auf, bis er stark genug ist.

Grundsätzlich lässt sich jeder Sinneseindruck als Anker benutzen: Gegenstände, Bilder, Töne, Gerüche, Geschmäcker, ja, sogar Berührungen. Lassen Sie Ihrer Fantasie freien Lauf und finden Sie einen Anker, der für Sie passt.

Übung positiver Anker

Mit nachfolgender Übung installieren Sie einen positiven Anker. Sie brauchen dazu etwa 15 Minuten Zeit. Stellen Sie sicher, dass Sie von nichts und niemandem gestört werden.

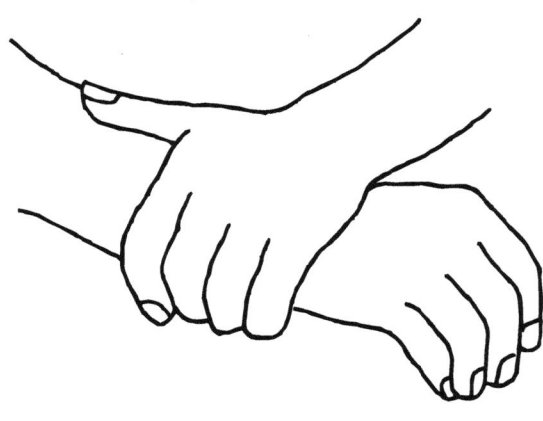

Erinnern Sie sich an die Übung, als Sie in Gedanken auf einer Blumenwiese standen, wie die Luft frisch nach Blumen duftete und Sie glücklich waren, endlich frei, ganz ohne irgendwelche Suchtstängel zu sein. Machen Sie diese Übung jetzt noch einmal. Das fühlt sich doch gut an, oder? Das kennen Sie ja bereits. Und jetzt machen Sie dieses wunderbare Gefühl an einem Anker fest.

Als Anker benutzen Sie diesmal eine Mischung zwischen Geste und Berührung: Sobald Sie in Gedanken auf dieser Blumenwiese stehen und das Glücksgefühl besonders gross ist, umfassen Sie mit Ihrer Nichtraucherhand das Handgelenk der Raucherhand.

Halten Sie das Handgelenk nun so lange, wie Sie sich gut fühlen. Spüren Sie die Berührung und wie sich die Wärme nun vom Handgelenk her ausbreitet, während Sie gleichzeitig glücklich in der Natur stehen. Sie sehen: Auch eine Berührung kann ein Anker sein.

Mit dieser Übung haben Sie das gute Gefühl der Freiheit an einen Anker (Umfassen des Handgelenks) gekoppelt. Natürlich müssen Sie dies noch viele Male wiederholen, damit der Anker stark genug wird. Pawlows Hunde haben auch nicht nach dem ersten Glockengebimmel schon Schmachtanfälle gehabt, es dauerte eine ganze Weile. Wenn Ihr Anker stark genug aufgeladen wurde, genügt es, in einem schlechten Moment das Handgelenk zu halten und Sie fühlen sich sogleich besser.

Das Ankern funktioniert genauso gut mit einem Gegenstand, den Sie während dieser Übung in der Hand halten, und im Moment des grössten Glücks schauen Sie kurz darauf. Es spielt keine Rolle, *was* Sie als Anker benutzen, wichtig ist nur, dass dieser *stark genug* aufgeladen wird. Klar, dass das nicht von heute auf morgen passiert. Den Zigaretten-Anker mussten Sie ja auch viele tausend Male aufladen, bis er so mächtig wurde, wie er heute ist. Aber schliesslich haben Sie ein Ziel, die Befreiung aus der Zigarettensucht. Und da lohnt sich doch der Aufwand.

Benutzen von negativen Ankern

Negative Anker funktionieren im Prinzip gleich wie positive Anker, nur dass hier an einem Anker schlechte (negative) Gefühle angekoppelt werden. Somit können Sie Ihren – im Moment noch positiv geladenen – Zigaretten-Anker gezielt abschwächen. Noch besser: Wenn Sie die Übung oft genug wiederholen, überwiegen mit der Zeit die schlechten Assoziationen. Eine Zigarette zu rauchen macht dann definitiv keinen Spass mehr. Auch hierzu eine kleine Übung:

Übung 1 negativer Anker

Mit dieser Übung zeigen Sie Ihrem Unterbewusstsein, wie eklig und giftig so eine Zigarette in Wahrheit ist. Sie brauchen dafür:

- ca. 10 Minuten Zeit
- 1 Zigarette inkl. Feuer
- 1 Stoppuhr oder eine Uhr mit Sekundenzeiger

Zünden Sie die Zigarette an und ziehen Sie den Rauch in den Mund – nicht in die Lunge inhalieren! Behalten Sie den Rauch nun mit aufgeblähten Backen während 30 Sekunden einfach nur im Mund. Konzentrieren Sie sich auf den giftigen Geschmack, den der Rauch im Mund verursacht. Nach 30 Sekunden blasen Sie den Rauch raus, füllen wieder den Mund, warten wieder 30 Sekunden und so weiter. Wichtig ist, dass Sie während der gesamten Übung *nicht* inhalieren. Nachdem Sie die ganze Zigarette auf diese Weise „geraucht" haben, befühlen Sie die Mundhöhle intensiv mit der Zunge. Ihre Zähne und Ihr Mund fühlen sich irgendwie rau und unappetitlich an? Machen Sie sich klar: Dieses spürbare Gift ist schuld an Ihrer Kurzatmigkeit, an Ihrem Raucherhusten, Ihrer eingeschränkten Lebensfreude und wird eines Tages auch für Ihren Herzinfarkt, Schlaganfall oder Krebs verantwortlich sein.

Genehmigen Sie sich in Zukunft hin und wieder eine Zigarette auf die oben beschriebene Art. Je mehr Sie das tun, desto mehr laden Sie Ihren bis jetzt positiven Anker auch mit negativen Gefühlen auf.

Übung 2 negativer Anker

Nehmen Sie die Zigarettenpackung in die Hand und schliessen die Augen. Erinnern Sie sich nun an alle Details der Packung. Wo steht die Marke? Sind irgendwelche Verzierungen vorhanden? Stellen Sie sich nun vor, wie plötzlich die goldigen Dekorationen von der Schachtel abfallen. Die Farben verschwimmen und laufen ab, alles auf der Packung wird schwarz/weiss. Die ganze Schachtel verwandelt sich. Der Markenname steht plötzlich in Trauerschrift da, und rund um das Päckchen bildet sich ein schwarzer Rand. Sie halten mit dieser Packung Zigaretten Ihre eigene Todesanzeige in der Hand.

Und mit diesem Bild im Kopf schauen Sie nun die Zigarettenpackung – die Sie ja tatsächlich in der Hand halten – an.

Mit dieser Übung laden Sie die Zigaretten-Packung mit negativen Empfindungen auf. Tun Sie das intensiv genug, werden Sie „Ihre" Schachtel mit der Zeit nicht mehr so gerne in die Hand nehmen.

Übung macht den Meister

Erinnern Sie sich noch, als Sie lernten, Auto zu fahren? Zwar zeigte Ihnen ein Lehrer, genau, wie man anfährt. Trotzdem hatten Sie Mühe, Gas- und Kupplungspedal so zu betätigen, dass das Auto losfuhr, vor allem an einer Steigung. Oder das 10-Finger-System auf der Schreibmaschine. Obwohl im Lehrbuch klar beschrieben steht, mit welchem Finger welche Taste zu drücken ist, mussten Sie lange üben, bis es endlich in einer akzeptablen Geschwindigkeit funktionierte.

Autofahren und das 10-Finger-System haben eines gemeinsam. Man kann diese Fertigkeiten nicht mit dem Intellekt (Bewusstsein) beherrschen. Es funktioniert nur via Unterbewusstsein. Das heisst also, sowohl Autofahren als auch Schreibmaschinen-Schreiben können nicht auswendig gelernt werden, die Fertigkeiten erschliessen sich nur durch Training. Das Mühsame an dieser Tatsache: Es dauert lange, bis das Unterbewusstsein diese Fähigkeiten verinnerlicht hat. Das Gute: Wenn eine Fähigkeit schlussendlich im Unterbewusstsein verankert ist, braucht man sich nicht mehr anzustrengen. Man kann es halt einfach. Oder machen Sie sich heute noch bewusst Gedanken darüber, wie das Kupplungs- und das Gaspedal zu bedienen sind?

Genau gleich verhält es sich mit den Übungen, welche ich Ihnen heute vorgestellt habe. Sie haben damit ein starkes Werkzeug in der Hand, um Ihrem Unterbewusstsein die Lust auf Zigaretten abzugewöhnen. Wenn Sie diese Bilder einmal verinnerlicht haben, müssen Sie sich nicht mehr anstrengen, um auf Zigaretten zu verzichten. Sie haben schlicht keine Lust mehr, zu rauchen. Damit das funktioniert müssen Sie jedoch üben, üben und nochmals üben. Tun Sie das gewissenhaft, dann werden Ihnen Zigaretten bald nichts mehr anhaben können.

Die hier gezeigten Übungen stellen nur Beispiele dar. Suchen Sie für sich selbst passende Anker und Bilder. Das bedeutet zwar eine gewisse Arbeit, aber der Aufwand lohnt sich. Fangen Sie doch am besten gleich damit an.

Vorschau

Sie haben heute viel über den Aspekt der psychischen Abhängigkeit gelernt. Das Thema ist damit jedoch keineswegs ausgereizt. Morgen erfahren Sie noch mehr. Darüber hinaus werden wir untersuchen, wie Tabakwerbung funktioniert. Freuen Sie sich auf ein weiteres spannendes Kapitel.

Tabakwerbung und Ur-Bedürfnisse

„Positive" Nichtraucherbücher

Möglicherweise haben Sie vor diesem Buch schon andere Publikationen zum Thema Nichtrauchen gelesen. Viele herkömmliche dieser Nichtraucherbücher haben mehr oder weniger den gleichen Inhalt. Der Leser wird das ganze Buch hindurch einer „Gehirnwäsche" unterzogen, mit Sätzen, die sich ungefähr so anhören:

- *Höre einfach auf zu Rauchen und freue dich*
- *Du brauchst keinen Ersatz für Zigaretten, es wird dir nichts fehlen*
- *Rauchen hat überhaupt keine Vorteile*

und so weiter und so fort ...

Einige dieser – ich nenne sie „positiv Denken Bücher" – sind so gut gemacht, dass der Leser sehr wohl für eine kurze Zeit mit dem Rauchen aufhören kann. Leider aber wird früher oder später dann doch wieder zur Zigarette gegriffen. Der Rückfall ist bei solcher Art Bücher fast zwingend.

Sie wissen bereits, warum das so ist: Rauchen bietet eben doch gewisse Vorteile. Denken Sie nur an die Sache mit dem Anker. Das ist aber nicht alles. Zigaretten tun – vermeintlich – noch eine ganze Menge mehr für Sie.

Bedürfnisse

Wir alle tragen die unterschiedlichsten Sehnsüchte und Wünsche in uns. Damit man sich wohl fühlt, ist es wichtig, dass sämtliche Bedürfnisse wahrgenommen und gestillt werden. Bedürfnisse, welche alle Menschen gleichermassen berühren, nennt man Ur-Bedürfnisse. Nachfolgend eine Liste von solchen Ur-Bedürfnissen:

- Freiheit
- Naturverbundenheit
- Stärke / Sportlichkeit
- Erfolg
- Schönheit
- begehrt werden
- Luxus

Zigaretten können helfen, diese Bedürfnisse teilweise zu befriedigen. Mit einer Zigarette in der Hand kann man sich also je nachdem attraktiv, stark, sportlich und erfolgreich fühlen.

Es fällt Ihnen im Moment schwer, das nachzuvollziehen. Sie fragen sich:

- Warum sollte jemand, der raucht und deswegen unter Kurzatmigkeit leidet, sportlich sein?
- Warum sollte jemand, der nach Tabak stinkt und vom Rauchen Lederhaut bekommt, attraktiv sein?
- Was hat Nikotinabhängigkeit mit Freiheit zu tun?

Sie haben Recht. Wer raucht ist eben nicht wirklich sportlich, frei und attraktiv, aber er wäre es gerne. Und die Zigarette spiegelt dann vor, dass es so ist. Warum? *Weil uns die Zigarettenwerbung genau das einredet.*

Zigarettenwerbung verspricht die Befriedigung aller dieser Bedürfnisse, und wir fallen auf diese Versprechungen herein. Die Tabakindustrie zielt mit ihrer Werbung genau auf unsere Bedürfnisse: Jede Zigarettenmarke versucht, mindestens einen – am besten aber möglichst viele – der Werte aus obiger Liste zu besetzen. Um zu verstehen, wie das genau funktioniert, machen wir einen kleinen ...

Ausflug in die Welt der Werbung

Verkauft jemand ein Produkt, für das ein *echter* Bedarf besteht und das *tatsächlich* gebraucht wird, dann bewirbt er in der Werbung die Eigenschaften des Produktes. Für Computer etwa wird so geworben. Detailliert wird aufgeführt, wie schnell der Prozessor ist, wie gross der Hauptspeicher und die Festplatte des entsprechenden Gerätes. Der Interessent kann dann Vergleiche anstellen und am Schluss das Produkt mit dem besten Preis-/Leistungsverhältnis kaufen.

Wie verkauft man aber ein Produkt, das niemand braucht und das auch keiner kaufen würde, der einigermassen bei Verstand ist? Ganz einfach: Man bastelt für dieses Produkt ein entsprechendes Image, indem man es mit positiven Eigenschaften in Verbindung bringt. Man verkauft also den Konsumenten nicht das Produkt selbst, sondern den dazugehörigen Persönlichkeitswert. Zigarettenwerbung arbeitet nach diesem Schema.

Zigarettenwerbung informiert *nicht* über die exakten Zutaten im Tabak – Logisch, kein Mensch interessiert sich für die Zusammensetzung von Gift.

Die Werbung arbeitet stattdessen mit positiver Suggestion. Das Produkt bringt zwar in Wahrheit nur Abhängigkeit und Dreck, soll bei uns aber angenehme Gefühle auslösen. Auf dem Werbeplakat sehen Sie darum Cowboys, *männlich*, *unabhängig* und *stark*. Sie reiten durch eine *unberührte Natur* von unendlicher *Schönheit* und darüber steht der Slogan „Der *Geschmack* von *Freiheit* und *Abenteuer.*" Das ist erfolgreich verkauftes Image.

Das Wort *Geschmack* löst ein angenehmes Gefühl aus. Man denkt dabei an Essen und Trinken. Auch *Freiheit* verursacht ein schönes, wohliges Gefühl. Jeder will frei sein. Das zusätzlich verstärkende Bild des Plakats gelangt direkt in Ihr Unterbewusstsein und schlägt sich dort nieder: Ah, rauchen macht sooo frei.

Dass Nikotinabhängigkeit nun wirklich nicht das Geringste mit Freiheit zu tun hat, wissen Sie zwar, aber gegen das Plakat – unser Unterbewusstsein arbeitet nun mal mit Bildern – können Sie sich via Intellekt schwer zur Wehr setzten.

Sie glauben, dass Sie sich von der Zigarettenwerbung nicht beeinflussen lassen?

Aber ganz sicher tun Sie das

Jeder Mensch lässt sich von (Zigaretten-)werbung beeinflussen. Oder glauben Sie es ist Zufall, dass genau jene Marken am meisten geraucht werden, für die am heftigsten geworben wird?

Wie wirkt Image-Werbung?
Nehmen wir an, eines Ihrer Ur-Bedürfnisse ist nicht befriedigt. Nun preist Ihnen jemand ein Produkt an mit dem Versprechen, dieses Bedürfnis zu stillen. Da Bilder in unserem Unterbewusstsein nicht auf Realität geprüft werden, spielt es keine Rolle, wie gesucht der Zusammenhang zwischen Produkt und Nutzen ist. Wenn die Werbung gut gemacht ist, werden Sie dieses Produkt noch so gerne benutzen. Ganz egal, welche bösen Nebenwirkungen – bis hin zum frühzeitigen Tod – dieses Produkt auch haben mag.

Alle nachfolgenden Beispiele funktionieren nach diesem Schema. Ein positives Lebensgefühl wird an den Zigaretten aufgehängt. Es wird suggeriert, dass sich mit einer Zigarette ein Bedürfnis stillen lässt.

- Wer sich im täglichen Leben von vermeintlichen und/oder tatsächlichen Sachzwängen eingeschränkt fühlt – und wer tut das nicht in der heutigen, hektischen, zubetonierten Welt – greift zu einer Marke, die ihm Freiheit und Sorglosigkeit verspricht.
- Träumt jemand von Erfolg und Prestige und einem Leben im Luxus, dann fällt die Wahl am ehesten auf eine Marke, wo in der Werbung prinzipiell nur auf Jachten und in teuren Autos geraucht wird und auf der Schachtel selbst möglichst viele Gold- und Silberfarben und edel wirkende Logos aufgedruckt sind. Natürlich hat fast jede Marke irgend so ein Pseudo-Logo auf der Packung versteckt, man gibt sich ja gerne edel. Haben Sie einmal „Ihre" Schachtel auf solche versteckten Verkaufsförderungen hin durchsucht?

- Wer im richtigen Leben mit anderen nicht klar kommt, dazu nur wenig Freunde hat, wird zu einer Marke tendieren, wo Leute in der Werbung richtig tolle Feste feiern und es lustig zusammen haben.
- Stubenhocker, die doch so gerne Abenteuer erleben wollen, können diesen Traum zu Hause mit einer Zigarette in der Hand träumen, die genau dieses Image vertritt.
- Wer sich selbst und seiner Umgebung beweisen muss, dass er kein Durchschnittstyp ist, wird sich für eine Marke entscheiden, die in der Werbung als „exklusiv" oder „extravagant" angepriesen wird.

Die Liste liesse sich beliebig fortsetzen.

Wenn man das Ganze aufmerksam betrachtet, durchschaut man schnell, wie wenig diese konstruierten Bilder mit der Wirklichkeit zu tun haben, wie sogar jeweils das genaue Gegenteil zutrifft: Wer raucht ist eben *nicht* stark. Starke Menschen sind nicht von einer Droge abhängig. Wer raucht ist auch *nicht* sportlich und wohl schon gar *nicht* frei. Aber er wäre es gerne.

Eigentlich ist das ein unglaublich perfides Vorgehen von der Zigaretten- und Werbeindustrie. Und es ist bestimmt nicht übertrieben, hier von Verarschung zu sprechen. Die entsprechenden Konzerne sehen das natürlich anders und sprechen verharmlosend von „Verbraucherinformation".
Zigaretten gehören zu den am stärksten umworbenen Produkten. Alleine in der Schweiz gibt die Tabakindustrie jedes Jahr über 120 Millionen aus, um das Bild vom starken Cowboy zu zementieren. Das ist eben nötig, weil die Wahrheit eine ganz andere ist.
Betrachten Sie das Ganze wie ein Gefecht: Die Kriegskassen der Tabak-Konzerne sind prall gefüllt. Es geht darum, einen Weg zu finden, diesen permanenten Angriffen zu wiederstehen.

Werbung hinterfragen
Lernen Sie, diesen Werbe-Image-Betrug zu durchschauen. Sehen Sie hinter die Hochglanzkulissen und erkennen Sie das Gift, die Abhängigkeit und gesundheitlichen Probleme, die Sie mit diesen Produkten in Wahrheit erwerben! Sie werden in Zukunft den verlogenen Schmeicheleien der Zigarettendealer widerstehen können. Gewöhnen Sie sich an – gleich ab sofort – jede Werbung folgendermassen zu analysieren:

- Welche Ur-Bedürfnisse werden angesprochen?
- Welches Image versucht die Firma zu transportieren?
- Wie geschickt – oder wie plump – geht sie dabei vor?

Werbung funktioniert nur, wenn wir sie ohne zu hinterfragen konsumieren – wenn wir sie innerlich wiederholen und sie zu unserer eigenen machen. Beginnen Sie darum,

Werbung zu hinterfragen. Nehmen Sie nicht alles blindlings hin, das man Ihnen vorzugaukeln versucht. Wenn Sie sehen, wer oder was Sie beeinflusst, dann verlieren die millionenteuren Suggestionen der Tabakindustrie ihre Wirkung.

Aber Vorsicht: Zigarettenwerbung beschränkt sich nicht nur auf Zeitschriften und Werbeplakate. Sie ist überall zu finden.
Die Tabakindustrie sponsert unter anderem auch Hollywood-Filme mit Millionen von Dollar, damit dort das Rauchen als etwas Tolles, Erstrebenswertes dargestellt wird. Eine Zigarette alleine hat eben keinen grossen Reiz. Aber in den Händen einer Filmschönheit entfaltet sie eine grosse Anziehungskraft. Denken Sie daran, wenn Sie das nächste Mal eine verführerische Rauchszene im Fernsehen oder im Kino sehen.

Oder nehmen wir das Sportsponsoring: Welche Wirkung soll ein Formel-1 Rennwagen erzeugen, der mit Zigaretten-Aufschrift seine Runden dreht? Hier versucht man Ihnen weiszumachen, dass Gewinner und Sportler die entsprechende Marke rauchen. Deuten Sie in Zukunft solche verdrehte Aussagen um und erfinden Sie einen passenderen Slogan wie: "So schnell macht keine andere abhängig", oder: "Die führt rasend schnell in den Tod".

Gehirnwäsche

Diese jahrelangen Werbeattacken der Tabak-Giganten, denen Sie seit Ihrer Kindheit schutzlos ausgeliefert waren, haben mit der Zeit eine effektive Gehirnwäsche bewirkt: Ohne dass Ihnen das klar ist, empfinden Sie Raucher als starke, unabhängige, erfolgreiche, wohlhabende, umgängliche Partylöwen, die mutig und unerschrocken durchs Leben gehen, die tollsten Abenteuer erleben und eine Menge Spass haben.
Das ist auch der Grund, warum Sie als Ex-Raucher – lange nachdem die körperlichen Entzugserscheinungen verschwunden sind – immer noch hin und wieder Lust auf eine Zigarette verspüren. Es sind dann nicht mehr die Zigaretten selbst, die Ihnen fehlen, sondern die vermeintlichen Werte, die mit ihnen transportiert werden.

Ändern Sie darum das Bild in Ihrem Kopf. Sehen Sie einen Raucher als starken, unabhängigen, freien Cowboy? Oder doch eher als armen, schwachen, in der Drogenabhängigkeit gefangenen Mensch?
Wenn Letzteres der Fall ist, dann brauchen Sie sich vor einem Rückfall nicht mehr zu fürchten.

Symptombeseitigung bringt nichts

Wie bieten Sie nun den Attacken der Tabakindustrie Paroli? Zuerst einmal: Damit Werbung wirkt, muss das beworbene Bedürfnis bei einer Person vorhanden sein. Wenn Sie sich *tatsächlich* frei fühlen, dann kann Werbung, die dieses Image transportiert, bei Ihnen nicht wirken. Wenn Sie *wissen*, dass Sie attraktiv sind, dann sprechen Sie auf Werbung, die Schönheit verspricht, nicht an. Einfach weil Sie das dann nicht nötig haben.

Man könnte ein unbefriedigtes Bedürfnis auch als „Manko" bezeichnen. Und die Zigarette war das „Symptom", dass dieses Manko verdeutlichte. Bis heute war das Rauchen Ihre Strategie, um dieses Manko auszugleichen.

Wenn Sie nun aufhören zu Rauchen und so weiterleben wie bis jetzt, dann haben Sie nur das Symptom beseitig, das Manko ist aber noch nicht aus der Welt. Das ist auch der Grund, warum „normale" Entwöhnungsprogramme meistens scheitern. Sie blenden die Bedürfnisse, welche mit der Zigarette abgedeckt werden, einfach aus. Wir hingegen beziehen diese in unsere Überlegungen mit ein.

Bedürfnisse ernst nehmen

Verstehen Sie das richtig: Sie werden nicht gegen Ihre Bedürfnisse vorgehen. Jeder Mensch hat Bedürfnisse und Sehnsüchte. Dagegen ist absolut nichts einzuwenden. Im Gegenteil; diese Bedürfnisse machen den Menschen erst aus. Jeder hat es in der Hand, seine Bedürfnisse auszuleben – oder auch nicht. Sie müssen also einen Weg finden, um Ihre Bedürfnisse auf eine andere – ehrlichere – Art zufrieden zu stellen.

Nach so viel Theorie nun zurück zur Praxis. Die nachfolgenden Beispiele zeigen, wo Zigaretten – vermeintlich – helfen, unsere Bedürfnisse auszuleben. Fühlen Sie sich beim einen oder anderen Punkt angesprochen, dann finden Sie Vorschläge, wie Sie als Nichtraucher diese Bedürfnisse in Zukunft auf neue Art und Weise stillen können:

Abenteuer erleben

Rauchen Sie vor allem, um den Entdecker und Abenteuer in Ihnen zu erfreuen, dann leben Sie dieses Bedürfnis aus, indem Sie einen Abenteuer-Urlaub unternehmen oder Campen gehen. Üben Sie abenteuerliche Sportarten aus wie Fallschirmspringen, Wasserski- oder Motorradfahren. Lesen Sie Abenteuerromane oder spielen Sie Aufbau- und Simulationsspiele am Computer.

Freiheit / frei sein

Bei diesem Grundbedürfnis wird die paradoxe Situation des Rauchens besonders deutlich. Wer Raucht, um sich die Illusion von Freiheit zu schaffen, ist eben gerade wegen seiner Abhängigkeit alles andere als frei. Wenn Sie aber aufhören zu rauchen, haben Sie tatsächlich einen ersten echten Schritt in die Freiheit unternommen.
Wie lässt sich der Freiheitsdrang sonst noch ausleben? Schaffen Sie sich ganz bewusst Ihre eigenen Freiräume, wo Ihnen niemand dreinreden darf. Unternehmen Sie kurze Ausflüge. Spazieren Sie im Wald und saugen die Atmosphäre in sich auf. Das funktioniert genauso gut an einem Seeufer oder auf einer Sitzbank irgendwo im Grünen. Gehen Sie Bergsteigen oder machen Sie mit dem durch Nichtrauchen gesparten Geld mal eine Fahrt mit dem Heissluftballon.

Belohnung

Jeder Raucher „belohnt" sich hin und wieder mit Zigaretten. Überlegen Sie, wie Sie sich in Zukunft belohnen, ohne dass der Körper dafür büssen muss.

Gönnen Sie sich eine Massage, einen Kurz-Trip nach London, entspannen Sie sich bewusst, hören Sie Ihre Lieblingsmusik, gehen Sie mit Freunden essen usw.

Seien Sie kreativ. Besser als eine grosse Belohnung irgendwann in der Zukunft sind viele kleine Belohnungen über den ganzen Tag verteilt.

Stärke / Männlichkeit

Wer sich nicht stark fühlt und männlich genug, kann sich mit der Zigarette wenigsten der Illusion hingeben, es zu sein. Solche Leute rauchen häufig „Cowboymarken". Das Bedürfnis nach Stärke und Männlichkeit betrifft nicht nur Männer. Auch Frauen wollen mit Cowboymarken demonstrieren, dass sie in der Lage sind, „ihren Mann zu stehen".

Gehen Sie statt zu Rauchen lieber ins Fitnesscenter oder kaufen Sie sich einen Heimtrainer. Melden Sie sich an für eine Kraft- oder Kampfsportart.

Attraktivität / Schönheit

Gönnen Sie sich mit dem Geld, dass Sie bis jetzt für Zigaretten ausgegeben haben, ab und zu eine Gesichtsmaske oder einen Aufenthalt in einem Wellness-Hotel. Wäre eine neue Frisur eine Idee?

Ein Tipp für Frauen: Hören Sie auf, diese Hochglanz-Modemagazine anzuschauen. Dort werden magersüchtige Modelle als Schönheitsideal dargestellt, wohlwissend, dass diesem Bild wohl niemand entsprechen kann. Auch hier wird nur ein Ziel verfolgt: Sie sollen sich hässlich fühlen und somit wiederum die dort beworbenen Produkte kaufen.

Macht haben / mächtig sein

Mit der Zigarette hat man ein Stück „Macht" in der Hand. Vor allem den Nichtrauchern kann man damit gut auf die Nerven gehen. Zigaretten eignen sich auch hervorragend, um Distanz zu schaffen, indem man jemandem den Rauch voll ins Gesicht blasen kann.

Überlegen Sie sich, wie Sie ohne Zigaretten Macht ausüben können. Legen Sie sich einen Hund zu und dressieren diesen nach Ihren Wünschen. Oder schliessen Sie sich einer Gruppe an, welche für berechtigte Anliegen demonstriert, zusammen ist man immer stärker

Angstgefühle ausblenden / Unsicherheit überdecken

Wenn man im Leben nichts mehr „im Griff" hat, dann kann man sich doch wenigstens noch an der Zigarette festhalten und hat damit eine verlässliche Grösse im Leben. Als Aussenstehender mag es komisch erscheinen, wenn sich jemand an einem stinkenden, Krebs verursachenden Papierröllchen festhalten muss, aber dem Raucher genügt die Illusion, dass ihm die Zigarette Kraft gibt. Ausserdem kann er sich hinter dem Rauch der Zigarette wunderbar verstecken.

Angstgefühle kann man auf gesündere Art in den Griff bekommen: Lernen Sie eine Ihnen zusagende Form der Meditation oder Autogenes Training. Gehen Sie Schwimmen oder Joggen. Ausserdem hilft es, wenn Sie folgenden Satz im Gedächtnis behalten: 95% aller Dinge, vor denen wir uns sorgen, treten nie ein.

Luxus / Reichtum

Wenn Sie vor allem Rauchen, weil Ihnen Zigaretten einen Hauch von Luxus vorgaukeln: Gönnen Sie sich mit dem eingesparten Geld etwas wirklich Luxuriöses, dass Sie sich bisher nicht leisten konnten. Vielleicht ein Schmuckstück oder ein edles Kleid. Mieten Sie ein Wochenende lang ein teures Auto. Werden Sie Mitglied in einem Golf- oder Tennisklub.

Erwachsen sein

Das ist wahrscheinlich der Hauptgrund für die meisten, mit dem Rauchen überhaupt anzufangen. Als Jugendlicher kann man sich so schön erwachsen fühlen mit einer Zigarette in der Hand. Aber wenn Sie einen 13-jährigen mit Zigarette sehen, würden Sie diesen Teenager deswegen als erwachsene Person wahrnehmen? Natürlich nicht! Wahrscheinlich käme Ihnen sein gleichaltriger, nicht rauchender Kollege wesentlich reifer vor.

Und Sie selbst? Haben Sie nicht langsam Lust herauszufinden, wie es ist, *wirklich* erwachsen zu sein und nicht mehr Rauchen zu müssen?

Aufgabe

Und jetzt sind Sie an der Reihe. Gehen Sie folgendermassen vor: Überlegen Sie, welche Bedürfnisse Sie mit den Zigaretten abdecken. Wenn Sie Mühe haben, zünden Sie sich eine Zigarette an und konzentrieren sich darauf, was in Ihnen vorgeht, wenn Sie diese rauchen. Oder versuchen Sie sich zu erinnern, warum Sie damals mit dem Rauchen angefangen haben.

Diese Aufgabe nimmt einige Zeit in Anspruch. Sie wird kaum innerhalb eines Abend abgeschlossen sein. Achten Sie deshalb auch in Zukunft beim Rauchen darauf, welche Bedürfnisse Sie mit den Zigaretten befriedigen, *denn hier liegt der Schlüssel zum erfolgreichen Nichtraucher.* Seien Sie ehrlich, hinterfragen Sie Ihre Rauchgründe gründlich. Sie tun das für sich selbst, und die Ergebnisse gehen ausser Sie selbst auch niemanden etwas an.

Beschränken Sie sich nicht nur auf Bedürfnisse, von denen ich geschrieben habe. Konzentrieren Sie sich auf sich selbst. *Schreiben Sie alle Gründe auf, deretwegen Sie rauchen.*

In einem zweiten Schritt überlegen Sie, wie Sie diese Bedürfnisse, die Sie bis jetzt mit Zigaretten gestillt haben, auf eine andere Weise befriedigen können. Damit kein Missverständnis entsteht: Es geht bei dieser Aufgabe nicht darum, einen Ersatz für Zigaretten zu finden. Es ist genau umgekehrt, die Zigaretten waren bisher ein Ersatz für nicht gelebte Wünsche und Sehnsüchte. Nehmen Sie sich genügend Zeit, passende neue Strategien zu finden.

Als dritter und letzter Schritt überprüfen Sie Ihre Ideen für neue Vorgehensweisen genau:

- Gibt es Einwände oder Gründe, die gegen die neue Strategie sprechen?
- Ist die neue Strategie mindestens gleich gut geeignet wie die Zigarette?

Passen Sie die neuen Strategien so lange an, bis es keine Einwände mehr gibt. Fragen Sie sich dann:

- Traue ich mir zu, diese neuen Strategien auch tatsächlich anzuwenden?

Wenn Sie den letzten Punkt jeweils ehrlich mit ja beantworten können, dann sind Sie am Ziel. *Sie brauchen dann in Zukunft keine Zigaretten mehr zu rauchen, nur um unbefriedigte Bedürfnisse und Sehnsüchte zu stillen!*

Die gute Nachricht

Wenn Sie sich die Zeit nehmen, Ihre unbewussten Bedürfnisse aufzudecken, die Sie bisher mit den Zigaretten befriedigt haben, und dann jeweils mindestens eine neue Art finden, diese zufriedenzustellen, dann werden Sie – sobald der körperliche Entzug überstanden ist – keinerlei Gedanken mehr an die Zigaretten verlieren. Ganz einfach, weil Ihnen dann absolut nichts mehr fehlt.

Überlegen Sie sich zuerst, welche Werte „Ihre" eigene Marke transportiert und auf welche(n) das Hauptgewicht gelegt wurde:

- _____
- _____
- _____
- _____

Schreiben Sie nun auf den folgenden Seiten Ihre Bedürfnisse und Sehnsüchte auf, deretwegen Sie zur Zigarette greifen. Überlegen Sie, wie Sie diese zukünftig auf eine ehrlichere, weniger gesundheitsschädigende Art befriedigen wollen.

Bedürfnis: _Luxus, sich verwöhnen können_

neue Strategien: _1: statt Geld für Zigaretten ausgeben, mit dem ge-_
sparten ein schönes Kleid kaufen,
2: Jede Woche Pedicure und Manicure leisten
3: Luxus-Kreuzfahrt

was spricht dagegen? _1: nichts, 2: nichts, 3: Im Moment zu teuer_

wende ich diese neue Strategie an? ❏ Ja ❏ Nein

Bedürfnis: _____

neue Strategien: _____

_____

_____

_____

was spricht dagegen? _____

_____

wende ich diese neue Strategie an? ❏ Ja ❏ Nein

Bedürfnis: _____

neue Strategien: _____

_____

_____

_____

was spricht dagegen? _____

_____

wende ich diese neue Strategie an? ❏ Ja ❏ Nein

Bedürfnis: _____

neue Strategien: _____

_____

_____

_____

was spricht dagegen? _____

_____

wende ich diese neue Strategie an? ❑ Ja ❑ Nein

Bedürfnis: _____

neue Strategien: _____

_____

_____

_____

was spricht dagegen? _____

_____

wende ich diese neue Strategie an? ❑ Ja ❑ Nein

Bedürfnis: _____

neue Strategien: _____

_____

_____

_____

was spricht dagegen? _____

_____

wende ich diese neue Strategie an? ❑ Ja ❑ Nein

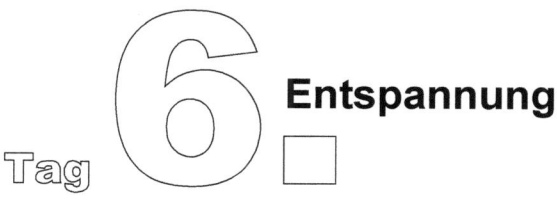

Tag 6 Entspannung

So hat Nervosität keine Chance

Wer sich schon einmal das Rauchen abgewöhnen wollte, kennt vielleicht die Nervosität, die einen in den ersten 5 - 7 Tagen buchstäblich „die Wände hochgehen" lässt.

Zum Glück ist der Mensch schlechten Gefühlen gegenüber nicht hilflos ausgeliefert. Mit geeigneten Gegenmassnahmen kann man dieser Ruhelosigkeit entgegentreten. Das Zauberwort lautet: Entspannung. Entspannung vermindert Stress und erzeugt eine wohlige Gelöstheit. Die Muskulatur und Ihre Gedanken entkrampfen sich, die Durchblutung wird verbessert und Sie werden ruhiger und ausgeglichener.

Es gibt unzählige Wege, sich selber in einen entspannten Zustand zu versetzen. Ich verrate Ihnen nachstehend meine Lieblingsmethode:

Die 3-stufige-Vollatmung

Bei der 3-stufigen-Vollatmung handelt sich um eine bewährte Chi-Technik. Chi (ausgesprochen als „Tschi"), heisst Lebenskraft, die Technik ist uralt und kommt aus dem asiatischen Raum. Die schlauen Asiaten haben früh gemerkt, dass man sich mit der Macht des Atem ausgezeichnet entspannen kann.

Führen Sie diese Übungen an einem Ort durch, wo Sie ungestört sind und nehmen Sie sich mindestens 10 - 15 Minuten Zeit. Sie können die Übung im Sitzen oder im Stehen durchführen, ganz so, wie es Ihnen am bequemsten ist.

Und so funktioniert's:

Bauchatmung

Legen Sie die Hände locker auf den Bauch und atmen Sie nur mit diesem ein und aus. Dabei soll sich nur der Bauch bewegen, Sie ziehen die Luft sozusagen in das untere Drittel der Lunge. Wenn das mit der Bauchatmung einigermassen funktioniert fahren Sie weiter:

Brustatmung

Nun legen Sie die Hände seitwärts an die Rippen und atmen die Luft nur in den mittleren Teil der Lunge. Wenn Sie das richtig machen, spüren Sie, wie sich die Rippen seitlich heben und senken, ohne dass der Brustkorb und der Bauch sich gross bewegen.

Schlüsselbeinatmung

Hier geht es darum, möglichst nur den oberen Drittel der Lungen zu füllen. Halten Sie die Hände locker an das Schlüsselbein und fühlen Sie, wie sich der Brustkorb hebt. Beim Ausatmen senkt sich dieser wieder.

Wenn das alles klappt gehen Sie noch einen Schritt weiter:

Alles Zusammen

Verbinden Sie obige drei Phasen zu einer einzigen Bewegung, indem Sie tiiiieeeef einatmen, ungefähr so: Hände auf den Bauch und diesen mit Luft füllen, dann Hände weiter auf die Rippen und einatmen, bis der mittlere Lungenteil ganz mit Luft gefüllt ist, dann das Schlüsselbein berühren und zum Schluss noch die Schultern leicht anheben, damit auch der hinterste Winkel der Lunge mit Luft gefüllt wird.

Ausatmen

Atmen Sie nun in dieser Reihenfolge auch wieder aus, und zwar bis die Lunge ganz leer ist. Das Ausatmen sollte mindestens gleich lange dauern wie das Einatmen. Wenn Ihnen das schwer fällt, können Sie für den Anfang mit leicht zusammengepressten Lippen durch den Mund ausatmen.

Achten Sie darauf, dass das Ein- und Ausatmen in einer geschmeidigen Wellenbewegung passiert. Konzentrieren Sie sich nur auf Ihren Atem. Folgen Sie ihm, wie er in Sie hineinströmt und wieder heraus.

Am besten funktioniert diese Übung, wenn sie an der frischen Luft durchgeführt wird. Probieren Sie es doch am Morgen mal am geöffneten Fenster. Egal ob Sie lieber sitzen oder stehen: Wichtig ist eine gerade Körperhaltung, die Arme und die Schultern sollten ganz entspannt sein. Wenn Sie diese Übung richtig durchführen, werden Sie schnell spüren, dass Ihr Körper von einer Energiewelle regelrecht durchflutet wird.

Fazit

Und? Wie fühlen Sie sich nach dieser Übung? Voll Power und Sie haben auch noch ein entspanntes Lächeln auf dem Gesicht?
Kein Wunder, denn mit dieser Übung versorgen Sie den Körper mit einer Unmenge von Sauerstoff. Es ist übrigens bewiesen, dass Menschen alleine mit dieser Übung ihr

Lungenvolumen um bis zu 20% steigern konnten. Wird diese Übung oft genug wiederholt, fängt man auch unbewusst an, tiefer durchzuatmen.

Wie funktioniert das?

Nervosität und Angespanntheit führen zu flacher Brustatmung, was wiederum die Nervosität erhöht. Sie kennen diese Wechselwirkung zwischen Psyche und Körper ja bereits. Durch das hektische Atmen wird nur ein Teil der Lunge genutzt. Ganz anders bei der Vollatmung: Hier kommt die volle Lungenkapazität zum Tragen. Nicht nur, dass Ihr Körper mit frischem Sauerstoff versorgt wird, die verbrauchte Luft wird auch viel gründlicher entsorgt.

Der untere Teil der Lunge hat übrigens am meisten Kapazität. Darum ist auch das Zwerchfell (sitzt unterhalb der Lungenflügel) der grösste Atem-Muskel im Körper. Bei richtiger Atmung wirkt die Zwerchfellbewegungen wie eine innere Massage und fördert sogar die Verdauung. Erst wenn der untere Bereich der Lunge voll ist, wird der obere mit Hilfe der Rippenmuskeln versorgt.

Für Profis

Die Übung lässt sich noch weiter verfeinern: Profis stellen sich dazu hin, die Beine leicht auseinander, für einen möglichst starken Stand. Beim Einatmen werden die Arme jetzt nach vorne gestreckt und steigen vom Bauch auf Schulterhöhe. Sie befinden sich immer dort, wo der aktuelle „Luft-Pegel" in der Lunge ist. Beim Ausatmen senken sich die Arme dementsprechend. Achten Sie darauf, dass Sie die Arme völlig entspannt anheben und senken, sie sollten sich „wie von selber" bewegen, nur mit der Kraft des Chi. Und wenn Sie das tatsächlich schaffen, alle Achtung, dann sind Sie besser als die meisten Asiaten ☺.

Kleiner Tipp zum Schluss

Weil die 3-stufige Vollatmung im Körper ein Reservoir von frischer Lebensenergie schafft, eignet sich diese Übung auch besonders gut, um jeden neuen Tag positiv und voller Elan zu beginnen.

PS: Wenn Sie bereits einmal versucht haben, sich das Rauchen abzugewöhnen, dann kennen Sie wahrscheinlich das Gefühl das sich manchmal einstellt, dass Sie wieder einmal gaaaanz tief inhalieren wollen, sozusagen die Lunge füllen. Tatsächlich „vergessen" Menschen, die mit dem Rauchen aufhören, ab und zu tief durchzuatmen. Mit der dreistufigen Vollatmung klappt das nun ohne Rauch, und Sie machen dem Körper damit sogar noch eine Freude.

Reinigung und Aufnahme von positiver Energie

Diese zweite Methode kommt aus dem Tao-Yoga und eignet sich sehr gut, um schlechte Gedanken loszuwerden und sich selbst mit positiver Energie aufzuladen. Am besten funktioniert diese Übung an einem Ort, an dem Sie sich wohl fühlen, wo „positive Energien" vorhanden sind. Im Fernen Osten gehen die Leute für diese

Übung gerne in einen Park, es genügt aber auch, wenn Sie das Fenster öffnen und hinausschauen. Zur Not schliessen Sie die Augen und stellen sich selbst an einem schönen Ort vor.

Möglicherweise fällt es Ihnen zunächst schwer, sich mit Hilfe von Meditation zu entspannen. In unserem Kulturkreis sind wir nicht gewohnt, loszulassen. Wir sind mehr auf Leistung und Anstrengung programmiert. Mit diesen Tugenden kommt man bei der Meditation keinen Schritt weiter. Hier gelten andere Regeln. Es verhält sich wie beim Versuch, einzuschlafen: Je mehr Sie versuchen, den Schlaf gewaltsam zu erzwingen, desto weniger wird er sich einstellen. Der wahre Schlüssel zum Erfolg liegt also im „Loslassen".

Konzentrieren Sie sich nur auf die Übung. Lassen Sie die Gedanken nicht abschweifen. Versuchen Sie, mit Ihrem Geist „im Innern Ihres Körpers" zu bleiben. Lassen Sie sich nicht von Alltagsproblemen ablenken. Wenn Ihre Gedanken abschweifen, fangen Sie diese sanft wieder ein und bringen sie in den Körper zurück.

Gehen Sie folgendermassen vor:

1. Stehen Sie aufrecht oder setzen Sie sich auf einen Stuhl. Rücken gerade (nicht anlehnen), Füsse leicht auseinander, parallel. Entspannen Sie sich.

2. Beginnen Sie, den Körper leicht zu schütteln, bleiben Sie dabei ganz entspannt. Wo immer Sie gesundheitliche Beschwerden haben, lenken Sie das Vibrieren des Schüttelns in den entsprechenden Bereich und lösen dabei alle Blockaden. Tun Sie das eine Weile, zumindest so lange, bis Sie den Tagesstress soweit abgeschüttelt haben und mit der Konzentration ganz in Ihrem Körper sind.

3. Atmen Sie nun tief durch die Nase ein, und mit dem Mund wieder aus. Während des Ausatmens haben Sie den Mund geöffnet und machen dabei den heilenden Laut HAAAAAAA! Mit diesem Laut atmen Sie alle Probleme, alle Anspannungen, alle Disharmonien aus – und auch den dreckigen Rauch, den Sie jahrelang inhaliert haben. Machen Sie das ganz bewusst. Spüren Sie, wie all dieses Negative aus Ihnen „herausgeatmet" wird? Wenn Sie wollen, können Sie sich für diese Übung auch einen Satz zurechtlegen, den Sie bei jedem Ausatmen denken wie: „Alles Negative verlässt meinen Körper."

4. Wenn Sie sich an einem besonders schönen Ort befinden, einem Ort an dem positive Energien herrschen, oder auch wenn Sie gerade etwas anschauen, das Sie mögen oder das Ihnen etwas bedeutet, dann können Sie die Übung gleich doppelt effektiv gestalten: Beim Einatmen lassen Sie diese guten Umgebungsschwingungen in sich hineinströmen. Nun suchen Sie im Innern des Körpers einen Platz, wo Sie diese guten Empfindungen abspeichern können,

etwa in Ihrer Lunge oder im Herzen. (Die Taoisten speichern ihre guten Empfindungen in das so genannte „Tan-Tien", das ist ein Energiezentrum von ca. 3 cm Durchmesser, das sich etwa 2 Fingerbreit unter dem Bauchnabel, in der Mitte des Körpers befindet). Wo Sie das abspeichern, spielt keine Rolle. Wichtig ist nur, dass Sie das Ganze *bewusst* machen, mit der ganzen Kraft Ihrer Gedanken und so konzentriert wie möglich.

5. Wenn Sie die Übung beenden, lassen Sie die positiven Energien, die Sie gespeichert haben, noch 2 - 3 Minuten nachwirken. Setzen Sie sich hin, lehnen Sie sich zurück und lächeln Sie dabei.

Na, hat es geklappt? Falls Sie mit dem Loslassen noch ein wenig Mühe haben, bedenken Sie Folgendes: Mit der Meditation verhält es sich wie mit dem Velofahren oder Schreibmaschinenschreiben: Alle diese Fertigkeiten können nicht „intellektuell" erlernt werden, sondern man muss wiederholt üben, bis sie funktionieren.

Der Aufwand lohnt sich aber, denn mit der Zeit schaffen Sie so ein Energiereservoir im eigenen Körper, also einen sehr stark geladenen Positiv-Anker. Wenn Sie nun während des Tages auf Schwierigkeiten stossen oder sich der Rauchentzug bemerkbar machen sollte, konzentrieren Sie sich kurz auf Ihr Energiereservoir, und wenn dieses stark genug aufgeladen ist, werden Sie daraus unheimlich viel Kraft schöpfen.

Noch mehr Meditation
Ihnen gefallen obige Übungen und Sie möchten sich näher mit den verschiedenen Meditations-Techniken beschäftigen? Das ist eine wunderbare Idee, und tatsächlich gibt es unzählige Arten der Entspannung, die Bücherregale sind voll mit entsprechender Literatur, es gibt einen fast unüberblickbaren Markt von Entspannungs-Kassetten und -Videos, Sie brauchen sich nur zu bedienen.

Für welche Technik Sie sich schlussendlich entscheiden ist nicht so wichtig, es sollte einfach für Sie persönlich passen. Oder wie es Thaddäus Golas formulierte: „Der Erleuchtung ist es egal, *wie* du sie erreichst!"

Mit ein wenig Fantasie basteln Sie sich Ihre eigenen Meditationstechniken. Das muss nichts Kompliziertes sein: Legen Sie sich schlicht nur hin, schliessen Sie die Augen, legen Sie die Hände auf den Bauch, atmen Sie tief und regelmässig und sagen Sie sich bei jedem Einatmen einen Satz wie „Ich bin gaaaanz entspannt", oder wenn Sie das noch nicht sind „Ich bin gleich ganz entspannt."

Wie gesagt, *was* Sie tun ist sekundär, wichtiger ist *wie* Sie das machen:

- regelmässig
- konzentriert
- bewusst

Alltägliche Methoden

Und zum Schluss dieses Kapitels noch etwas Selbstverständliches, was aber oft übersehen wird:

Vergessen Sie nicht die alltäglichen Wege zur Entspannung, die Ihnen jederzeit zur Verfügung stehen:

- **genügend schlafen**
Schlaf ist die erste und beste Wahl, wenn es um Entspannung und Regeneration geht. Leider ist er heute auch nicht mehr, was er einmal war. Der Wecker läutet ja meistens, bevor Körper und Geist tatsächlich ausgeruht sind. Achten Sie daher wenigstens am Wochenende darauf, dass Sie genug Schlaf bekommen. Gerade in den ersten 5 - 7 Tagen als Nichtraucher ist das äusserst wichtig.

- **eine Massage geniessen**
Es gibt so viele verschiedene Arten von Massagen. Von der klassischen Sportmassage bis zur Fussreflexzonen-Therapie. Bei Massagen wird unter anderem das Lymphsystem auf Trab gebracht. Es handelt sich hier um einen Parallel-Kreislauf zum Blutkreislauf. Im Lymphsystem fliessen diverse Abwehrkörper, zum Beispiel die Leukozyten (weisse Blutkörperchen). Ausserdem werden hier Schlacken- und Giftstoffe abgeführt. Das Lymphsystem hat jedoch keinen eigenen „Motor" (Herz), sondern ist zum zirkulieren auf Muskelaktivität oder eben Massage angewiesen. Mit dem Geld, dass Sie als Nichtraucher einsparen, können Sie sich locker einmal die Woche den Luxus einer Massage gönnen.

- **Bewegung an der frischen Luft / Sport**
Auch eine der besten Methoden zur Regeneration. Leider sind aber gerade Raucher vielfach totale Bewegungsmuffel. Falls es Ihnen auch so geht: Freuen Sie sich auf das morgige Kapitel, Sie erfahren darin unter anderem, wie Ihr Körper ganz ohne Anstrengung die notwendige Bewegung abbekommt.

- **Ihre Lieblings-CD hören**
Bei richtiger Musikwahl (Entspannungs-/ Meditationsmusik) sinkt die Gehirnaktivität von 13 - 30 Hertz (normale Tagesaktivität) auf 8 - 12 Hertz (Alpha-Zustand). Dies ist mit einem EEG messbar. Im Alpha-Zustand findet eine mentale Entspannung und damit einhergehend eine körperliche Regeneration statt.

- **ein herrliches Schaumbad nehmen**
- **in die Sauna gehen**
- **usw.**

Die Möglichkeiten für Entspannung und Regeneration sind auch im Alltag unbegrenzt. Auch hier gilt: Egal was Sie tun, *geniessen* Sie es *bewusst* und konzentriert.

Bestimmt fallen Ihnen spontan ein paar Methoden ein, mit denen Sie sich als Nichtraucher verwöhnen und gleichzeitig entspannen wollen: Schreiben Sie doch nachfolgend drei davon auf:

- _____
- _____
- _____

Übung / Aufgabe

Beginnen Sie möglichst bald (warum nicht gleich heute?), eine passende Entspannungstechnik in Ihren Tagesablauf einzubauen. Warten Sie damit nicht, bis Sie aufgehört haben zu Rauchen, denn damit Entspannungsübungen wirken, müssen Sie diese vorher trainiert haben.

Sie glauben, Sie haben keine Zeit für so etwas? Dann haben Sie nicht erkannt, wie wichtig es für Ihr Vorhaben ist, entspannen zu können! Bedenken Sie ausserdem: Wenn Sie Ihre persönliche Technik gefunden haben und im Stande sind, diese gezielt anzuwenden, dann werden Sie pro Tag höchstens 10 - 15 Minuten brauchen, um sich in einen Zustand der Entspannung und Harmonie zu versetzen. Und das ist es doch allemal wert.

Vorschau

Wie ausgeglichen man sich fühlt, hängt zum Teil auch von chemischen Botenstoffen ab. Wenn der Körperhaushalt in dieser Hinsicht optimal stimmt, fühlen Sie sich gut. Diese ausgeglichene Körperchemie kann mit gewissen Lebensmitteln sehr effektiv unterstützt werden.

Mit der richtigen Ernährung während des Rauchentzugs können Sie ausserdem einer eventuellen Gewichtszunahme wirkungsvoll entgegengewirken. Im morgigen Kapitel erfahren Sie mehr darüber.

Keine Angst vor Gewichtszunahme

Tag **7**

Befürchten Sie, nach einem Rauchstopp unvermeidlich an Gewicht zuzulegen? Umfragen haben gezeigt, dass manche Raucher – und hier vor allem Raucherinnen – nur aus Angst vor einer eventuellen Gewichtszunahme (weiter)rauchen. Es ist daher angebracht, auf dieses Thema näher einzugehen.

Macht Rauchen schlank?

Wie Sie wissen, inhalieren Sie beim Rauchen eine Unmenge von giftigen Stoffen. Dieser giftige Rauch verursacht dem Körper Stress. Die eingeatmeten Gifte müssen vom Körper abgebaut und bekämpft werden. Die zusätzliche Anstrengung, die Sie Ihrem Körper damit auferlegen, steigert den Körper-Grundumsatz. Darunter versteht man die Kalorien-Anzahl, die der Körper im „Stand" verbrennt, also ohne dass Sie sich darüber hinaus bewegen. Zusätzlich entlockt das Nikotin dem Nebennierenmark die Stresshormone Adrenalin und Noradrenalin. Der Körper des Rauchers gerät so erst recht in einen Dauerstress und verbraucht noch mehr Energie.

Alles zusammengenommen ist der Grundumsatz eines Rauchers – das kann man messen – 10 bis 15% höher als der eines Nichtrauchers. Der Kampf eines so geplagten Körpers verbraucht tatsächlich bis zu 200 Kalorien pro Tag. Wenn Sie nun mit Rauchen aufhören, hat der Körper, da er jetzt weniger Arbeit zu bewältigen hat, auch einen dementsprechend verringerten Grundumsatz. Das ist der Grund, warum die meisten Ex-Raucher tatsächlich kurzfristig 2 - 4 Kilo zunehmen.
Sie brauchen aber jetzt nicht zu erschrecken: Diese Gewichtszunahme ist meistens nur eine vorübergehende Erscheinung. Ihr Körper besitzt eine eigene Art von Intelligenz. Tatsächlich stellt sich der Stoffwechsel nach einer Umstellphase (2 - 3 Monate) auf diese neue Situation ein. Ausserdem sind für den Körper 2 - 4 Kilo mehr Gewicht eine viel geringere Belastung als die permanente Folter mit hochgiftigen Substanzen.

Um es mit aller Deutlichkeit zu sagen: **Nikotin ist keine Diät.** Wer raucht um schlank zu bleiben, tut sich einen schlechten Gefallen. Der ungesunde höhere Grundumsatz ist auch Schuld daran, dass Sie dementsprechend schneller ausgebrannt sind. Er ist auch einer von vielen Gründen für das schnellere Altern der Raucher.

Veränderte Essgewohnheiten

Vorausgesetzt, Sie behalten nach dem Rauchstopp eine unveränderte Ess- und Bewegungsweise bei, verschwinden diese paar Zusatzkilo von alleine.

Nun ist das aber so eine Sache mit dem Beibehalten von alten Essgewohnheiten. Manchmal essen frisch gebackene Nichtraucher plötzlich mehr. Das kann die verschiedensten Ursachen haben. Bedenken Sie, dass diese „Essens-Strategien" von Ihnen nicht bewusst getroffen werden, sondern vom Unterbewusstsein. Sie müssen daher nachstehende Tatsachen kennen, denn somit haben Sie diese Verhaltensweisen ins Bewusstsein geholt und können entsprechend vorbeugen.

Welches sind die Gründe, die aus einem Ex-Raucher plötzlich einen „Mehr-Esser" machen können:

Nikotinentzug verursacht Hungergefühl

Rauchen senkt den Insulinspiegel, was wiederum den Blutzuckerspiegel erhöht. Darum leiden Raucher auch überdurchschnittlich oft unter Altersdiabetes.

In den ersten Tagen als Nichtraucher haben Sie aus diesem Grund einen im Vergleich zu vorher niedrigeren Blutzuckerspiegel. Besonders in den ersten zwei Wochen des Entzuges – danach hat sich die Insulinproduktion einigermassen eingependelt – löst das im Gehirn das Gefühl „Hunger" aus. Wenn Sie also nach dem Absetzen der Zigaretten ein vermehrtes Hungergefühl verspüren, wissen Sie nun, dass das normal ist und bald vorbeigehen wird.

Hände beschäftigen

Wenn Raucher ihre Zigaretten vor allem benötigten, um die Hände zu beschäftigen, so ist die Versuchung gross, in Zukunft statt einer Zigarette ein paar Chips zu knabbern oder etwas Süsses.

Überlegen Sie sich eine bessere Alternative, um die Hände in so einem Moment zu beschäftigen. Knubbeln Sie notfalls im Gesicht herum, streicheln Sie Ihren Schlüsselanhänger, basteln Sie aus Büroklammern ein Raumschiff, reinigen Sie die Brille, es gibt unendlich viele Möglichkeiten, Ihnen fällt sicher etwas ein. Eigentlich gibt es nur eine ungeeignete Art, seine Hände zu beschäftigen: Mit einer brennenden Zigarette!

Langeweile

Kennen Sie diese Situation? Sie sitzen vor dem Fernseher und rauchen eine Zigarette nach der anderen. Könnte es sein, dass Sie das Fernsehprogramm dermassen langweilt, dass Sie das Gefühl haben, noch nebenbei Etwas tun zu müssen?

Wenn Sie bisher geraucht haben, weil Ihnen langweilig war, dann könnten Sie in Zukunft auf die Idee kommen, diese Langeweile oder Leere mit „Essen" zu stopfen. Viel besser wäre etwa, den Fernseher auszuschalten und etwas Sinnvolles zu erledigen. Warum nicht meditieren?

Mehr Genuss

Zigaretten schmälern das Geruchs- und vor allem Geschmacksempfinden. Viele Ex-Raucher wundern sich, wie ihnen bald nach der letzten Zigarette die Mahlzeiten viel intensiver schmecken. Essen wird plötzlich wieder zu einem wahren Genuss. Nicht zuletzt auch deshalb, weil man sich nun dafür Zeit lassen kann und nicht möglichst schnell fertig werden muss, nur um eine zu rauchen.

Ich will kein Spielverderber sein: Geniessen Sie Ihr Essen! Dieses schmeckt nun tatsächlich intensiver und Sie brauchen kein schlechtes Gewissen zu haben. Achten Sie beim Essen in Zukunft einfach auf eine ausgeglichene Zusammenstellung (mehr dazu gleich nachfolgend), und Sie brauchen sich vor Übergewicht nicht zu fürchten.

Ausgeglichene Ernährung

Die gute Nachricht: Sie brauchen, wenn Sie nicht mehr Rauchen, nicht zu hungern. Eine Diät zu machen wäre sogar falsch, denn das dabei entstehende Hungergefühl könnte das Gehirn als „Nikotin-Mangel" missverstehen. Der Entzug wäre dann umso schwerer zu bewältigen. Ein weiteres Problem von einer Diät: Wenn der Körper spürt, dass er weniger Kalorien bekommt als er eigentlich benötigt, dann schaltet er auf ein Sparprogramm, eine Art "Ökonomie-Modus" um. Er verbrennt dann auch weniger Kalorien. Machen Sie also keine Diät, halten Sie sich nur an die folgenden, simplen aber wesentlichen Grundlagen.

Betrachten Sie die nachfolgenden Regeln nicht als Auflagen, welche zu 100% erfüllt werden müssen. Viel eher handelt es sich dabei um Ratschläge, die Ihnen – wenn Sie sich einigermassen daran halten – dabei helfen, Ihr Gewicht zu halten.

Viel Trinken

Bevorzugen Sie Getränke wie (Mineral-)Wasser, Tee, ungezuckerte Frucht- oder Gemüsesäfte. Trinken Sie davon mindesten 1,5 Liter pro Tag. Das ist vor allem am Anfang wichtig, spülen Sie doch mit der Flüssigkeit gleich auch die verbleibenden Giftreste aus Ihren Zellen und Organen.

Vorsicht vor Koffein

Trinken Sie vor allem am Anfang Ihrer Nichtraucherkarriere wenig Kaffee, Schwarztee und Cola. Alle diese Getränke enthalten Koffein. Dieses wirkt anregend und kann Nervosität verursachen. Zudem gehört für viele Raucher zu einer Tasse Kaffe automatisch auch eine Zigarette.

Falls Sie die anregende Wirkung des Koffeins vermissen, probieren Sie einmal Grüntee. Das darin enthaltene Tein wirkt ähnlich wie das Koffein. Im Gegensatz zum Koffein, welches den Körper schnell aufputscht, wird beim Grüntee das Tein nur langsam an den Körper abgegeben und wirkt somit länger. Dadurch hält der Effekt länger an und ruft keine Unruhe hervor. Die ätherischen Öle im Tee haben zudem eine ausgleichende Wirkung auf die Psyche. Darüber hinaus enthält Grüntee diverse Vitamine und Mineralien und beugt gegen Krebs vor, indem es ein wichtiges Krebsenzym blockiert. Grüntee ist also ein wahrer Zaubertrank.

Alkohol mit Mass

Trinken Sie während des Nikotinentzugs möglichst keinen oder nur wenig Alkohol. Dieser hat erstens viele leere Kalorien und zweitens können Sie in einem beschwipsten Moment auch wieder schwach werden. Es ist erwiesen, dass Alkohol – gerade in Gesellschaft von Rauchern – verantwortlich für viele Rückfälle ist.

Ballaststoffreiche Nahrung

Nikotin reizt über das Nervensystem auch Teile des Darms und regt somit die Verdauung an. Wenn Sie nun aufhören zu Rauchen kann es vorkommen, dass Sie am Anfang Verdauungsprobleme oder Verstopfung erleiden. Der Körper muss sich auch hier zuerst wieder neu justieren. Sie können ihm dabei helfen, indem Sie möglichst ballaststoffreiche Produkte essen, beispielsweise frische Früchte, Obst und Vollkornprodukte wie Brot und Teigwaren.

Wenig Süsses

Ob man sich wohl fühlt hängt von verschiedenen biochemischen Prozessen ab, unter anderem sind daran die Nervenbotenstoffe Serotonin und Dopamin beteiligt. Bei Stress wird die Produktion von Serotonin gedrosselt. Via Kohlehydrate kann die Produktion wieder angekurbelt werden.

Das ist die Erklärung, warum viele Leute bei Stress und Unwohlsein gerne zur Schokolade greifen. Aber Achtung: Bei einfachen Kohlehydraten (Zucker) steigt der Blutzuckerspiegel zu schnell an. Das mag zwar Ihr Gehirn, der Körper aber wird in Alarmbereitschaft versetzt und produziert Unmengen von Insulin, um den Zuckerspiegel zu senken. Das hat zur Folge, dass bereits nach ca. einer Stunde der Blutzuckerspiegel tiefer ist als vor der Schokolade und somit wieder Nachschub fällig wird. Es handelt sich hier (wie beim Rauchen) um einen Teufelskreis. Verzichten Sie daher weitestgehend auf Schokolade und Zuckerzeug. Besser als Gute-Laune-Macher geeignet sind Lebensmittel aus komplexen Kohlehydraten: Vollkornbrot, Vollkornteigwaren, Müsli, Kartoffeln, Reis und Hülsenfrüchte.

Nicht zu fettig

Es ist ein Kreuz mit diesem Fett: Einerseits braucht es unser Körper zum Leben (gewisse Vitamine können ohne Fett vom Körper nicht aufgenommen werden), andererseits nehmen wir „zivilisierten" Menschen viel zu viel davon und dann auch noch das Falsche. Pro Tag werden ca. 30 - 50 Gramm Fett benötigt. Wer sich mehr davon gönnt, nimmt zu.

Der Hauptbestandteil von Fetten und Ölen, die Triglyceride, sind überdies wahre „Gute-Laune-Killer", da sie das Blut verdicken und somit den Sauerstofftransport ins Gehirn beeinträchtigen.

Die zweite Problematik: Wir essen zu viel ungesundes (gehärtetes, gesättigtes) Fett. Gesättigte Fettsäuren finden Sie in allen Backwaren, besonders viel davon in Frittiertem (Pommes-Frites, Pommes-Chips, Chicken-Nuggets usw.) und Fertigprodukten. Schauen Sie einmal auf die Packung einer Tiefkühlpizza oder einer Lasagne, meistens haben Sie mit solch einer Mahlzeit den ganzen Tagesbedarf an Fett gedeckt. Vorsicht auch vor verstecktem Fett wie es in Wurst, Käse, Saucen usw. vorkommt. Gesundes (ungesättigtes und mehrfach ungesättigtes) Fett ist zum Beispiel in Sonnenblumen- und Olivenöl oder auch in Avocados enthalten.

Essen Sie nur, wenn Sie Hunger haben

Hört sich simpel an, ist aber schwierig durchzuführen. Wie oft sind Sie über den Mittag schon in die Kantine gegangen, obwohl Sie sich gar nicht hungrig gefühlt hatten, einfach weil es halt „normal" ist. Wenn Ihnen das in Zukunft wieder passiert, ersetzen Sie die Hauptmahlzeit durch einen frischen, knackigen Salatteller.

Alles klar, oder?

Bestimmt waren obige Regeln nichts Neues für Sie. Das haben Sie alles bereits irgendwo gehört oder gelesen. Klar, es handelt sich ja auch um die wesentlichen Grundsätze einer vernünftigen Ernährung, die eigentlich jeder berücksichtigen sollte. Wenn Sie diese wenigen Grundsätze beherzigen, wird eine etwaige Gewichtszunahme kein Thema mehr sein.

Tricks für Ex-Raucher

Neben den allgemeinen Regeln gibt es noch eine Reihe von „Geheimtipps", welche Ihnen als frisch gebackenem Ex-Raucher das Dasein erleichtern:

Der Apfel-Trick

Statt Schmachtanfälle beim Nikotinentzug schlicht einen Apfel essen. Der Genuss von Äpfeln beseitigt die Lust auf Zigaretten! Den Wissenschaftlern ist zwar noch nicht ganz klar, warum das so ist (man vermutet, dass es mit dem in grossen Mengen enthaltenem Kalium zusammenhängt), aber die Wirkung bestätigen tatsächlich die Meisten, die es ausprobiert haben. Die im Apfel vorkommenden Vitamine C und E, Beta-Karotin und Quercetin stärken und schützen darüber hinaus das Lungengewebe und Pektin wirkt in starkem Masse sättigend und bremst so den Appetit.

Wenn Sie Lust haben, machen Sie – um die Entzugserscheinungen abzuschwächen – am ersten Tag Ihres Nikotin-Entzuges eine richtiggehende „Äpfel-Kur".

Stresskiller-Produkte

Vor allem die Vitamine C, B_1, B_2, B_6 und B_{12} unterstützen die Funktion der Nerven und helfen so gegen Stress. Vitamin C finden Sie in Kiwis, Äpfeln, Zitrusfrüchten, Papayas und Kartoffeln, B-Vitamine sind in Fisch, magerem Fleisch, Geflügel, Milchprodukten, Soja und Bananen enthalten.

Magnesium ist der Anti-Stress-Mineralstoff schlechthin. Es dämpft zu hohe Adrenalin-Werte und stärkt die Nerven. Bei Stress und Dauerbelastung (wie es die ersten paar Tage ohne Zigaretten vorkommen kann) wird Magnesium aus den Zellen abgezogen. Sorgen Sie also frühzeitig für Nachschub. Reich an Magnesium sind Vollkorn-Produkte, Bananen, Broccoli und Nüsse und teilweise Mineralwasser.

Achten Sie darauf, dass Sie genügend dieser Anti-Stress-Vitamine und -Mineralien zu sich nehmen.

Bei Konzentrationsproblemen

Lebensmittel mit einem hohen Vitamin-B Gehalt kurbeln diverse Stoffwechselvorgänge an, welche für die Gehirnaktivität wichtig sind. Haben Sie Mühe, sich zu konzentrieren, verhelfen Ihnen vor allem Avocados, Bananen und Oliven zu neuer Frische.

Die in Avocados enthaltenen Linol- und Linolensäure stimulieren wichtige Hirn-Aktivitäten und verbessern so direkt das Denkvermögen. Diese beiden essenziellen Fettsäuren wirken sich auch positiv auf die Prävention von Herz-Kreislauf-Erkrankungen aus.

Bananen enthalten eine ausgewogene Mischung von einfachen und komplexen Fruchtzuckern. Zusammen mit diversen B-Vitaminen beugen diese effektiv Konzentrationsverlust vor. Achten Sie darauf, möglichst keine überreifen (braunen) Bananen zu verzehren, weil sich hier der Mehrfachzucker bereits in Einfachzucker umgewandelt hat.

Auch Oliven tragen durch ihren hohen Gehalt an ungesättigten und mehrfach ungesättigten Fettsäuren dazu bei, die Konzentrationsfähigkeit aufrecht zu erhalten. Das in Oliven enthaltene Squalen unterstützt den Körper darüber hinaus wirkungsvoll bei der Nikotinentgiftung und senkt den Cholesterinspiegel.

Ernährungswissenschaftler haben ausserdem entdeckt, dass Squalen die Entstehung von Krebstumoren und Herzinfarkten verhindert.

Gegen Schlechte Stimmung und Nervosität

Probieren Sie statt chemischer Mittel lieber einen echten Tausendsassa aus der Natur: Das Johanniskraut. Es handelt sich um eine Heilpflanze, welche schon im antiken Griechenland für seine mannigfaltige Wirkungsweise bekannt war. Mittlerweile wird Johanniskraut aber auch in der Schulmedizin – zur Bekämpfung von Depressionen und Angstzuständen – eingesetzt.

Die im Johanniskraut enthaltenen Wirkstoffe Hyperizin und Hyperforin wirken entspannend auf Nerven und Muskeln. Johanniskraut regt ausserdem die Produktion des Neurotransmitters Serotonin an, dadurch entsteht eine leicht euphorisierende Wirkung.

Damit der Effekt des Johanniskraut voll zum Tragen kommt, muss es während 7 - 10 Tagen regelmässig eingenommen werden. Sie erhalten Johanniskraut als Tee, Saft-Konzentrat oder als Trockenextrakt-Präparat in Apotheken und Drogerien. Es gibt eine Unmenge verschiedener Hersteller, lassen Sie sich bei Interesse beraten.

Kontaktadressen

Wenn Sie noch mehr zum Thema Ernährung wissen wollen, können Sie sich an folgende Adresse wenden:

Schweizerische Vereinigung für Ernährung, 3001 Bern, Tel. 031 385 00 00
oder www.sve.org
Diese Vereinigung gibt auch diverse Broschüren und Bücher rund um das Thema
„Ernährung" heraus.

Raucherschicksal: Bewegungsmuffel

Die Ernährung – also die Kalorienaufnahme – ist nur ein Aspekt beim Thema Übergewicht. Nachfolgend gehen wir noch auf die andere Seite ein, die Kalorienverbren-
nung. Beantworten Sie zuerst folgende drei Fragen:

- Treiben Sie bereits regelmässig Sport?
- Ist in Ihrem Tagesablauf genug Bewegung eingebaut?
- Fühlen Sie sich fit und körperlich leistungsfähig?

Wenn Sie diese Fragen mit einem überzeugten „Ja" beantworten können, dürfen Sie
den Rest dieses Kapitels mit ruhigem Gewissen übergehen. Machen Sie dann für
heute lieber etwas anderes, zum Beispiel eine Entspannungs-Übung.
Wenn die Antwort auf eine oder mehrere der obigen Fragen „Nein" lautet, dann
enthält dieses Kapitel für Sie wertvolle Informationen.

Viele Raucher sind auch eigentliche Bewegungsmuffel. Und irgendwie ist diese
Einstellung sogar logisch: „Wenn man sich schon absichtlich mit diesen Glimmstän-
geln vergiftet und krebsauslösende Substanzen in sich reinzieht, warum sollte man
dann auf seine Gesundheit achten und sich regelmässig bewegen?"
Trotzdem: Ihr Körper ist die wertvollste „Maschine" die Sie besitzen und auch jemals
besitzen werden. Wären Sie sich all der Abläufe bewusst, die in Ihrem Körper tagein
tagaus völlig automatisch ablaufen, Sie kämen aus dem Staunen nicht mehr heraus.
Aber die meisten Menschen nehmen diese Vorgänge als selbstverständlich und
werden sich deren erst bewusst, wenn irgendetwas nicht mehr so funktioniert, wie es
sollte.
Wird nun diese Wundermaschine Körper nicht regelmässig gefordert, zerfällt sie
langsam. Aber das wissen Sie längst. Der Knackpunkt ist viel eher, dass man sich
nicht dazu aufraffen kann, sich mehr zu bewegen, geschweige denn, regelmässig
Sport zu treiben.

Geht es Ihnen auch so? Ich jedenfalls kannte das nur allzu gut. Als Raucher war ich
der totale Bewegungsmuffel. Ich hielt es mit Winston Churchill, der mal gesagt hat:
„First of all - no sports." Ganz nebenbei erwähnt verbrachte der rauchende und
bewegungsverachtende Winston Churchill die letzten 14 Jahre seines Lebens in einem
Rollstuhl.

Und nun verrate ich Ihnen, was passierte, als ich aufhörte zu Rauchen: Ich bekam
plötzlich wieder Lust auf Bewegung. Ich begann mit Fahrradfahren und spielte
Badminton. Dieses Jahr schwamm ich anlässlich der Zürcher Seeüberquerung zum

ersten Mal über den Zürichsee. Einfach so, aus purer Freude. Vor wenigen Jahren hätte ich jeden ausgelacht, der mir das so vorausgesagt hätte.
Und ich bin nicht der Einzige, der diese wundervolle Entwicklung erlebt hat. Viele Ex-Raucher berichteten mir genau dasselbe. Und es wird auch Ihnen passieren!

Woher das kommt? Der menschliche Körper braucht Bewegung, um gesund zu bleiben. Die Natur hat aus diesem Grund dafür gesorgt, dass jedem Menschen ein bestimmter Bewegungsdrang innewohnt (beobachten Sie mal kleine Kinder beim Spielen). Mit der Droge Nikotin zerstören Sie aber Ihren Körper und unterdrücken die in ihm verborgene Energie. Wenn Sie nun aufhören, die roten Blutkörperchen mit Kohlenmonoxid zu beladen und die Adern und Lungen mit Teer zu verstopfen, so kommt diese Bewegungs-Lust wieder zum Vorschein.

Das Ziel dieses Kapitels ist deshalb auch gar nicht, Sie zu mehr Bewegung zu „überreden" oder zu motivieren. Glauben Sie mir nur, dass dieser Spass an der Bewegung ganz automatisch kommt, sobald Sie nicht mehr Rauchen. Wichtig ist nur, dass Sie – wenn es dann so weit ist – diese neue Lust auf Bewegung nicht mit Gewalt ignorieren und unterdrücken, sondern dass Sie ihr mit Freude nachgeben und sich bewegen.
Verstehen Sie das nicht falsch. Bewegung heisst nicht, Spitzensport zu treiben. Ganz im Gegenteil. Wenn Sie bisher kein Bewegungsmensch waren, wäre das auch ein sehr verwegenes Ziel. Um den Körper zu fördern, dürfen Sie ihn fordern, aber dabei keinesfalls überfordern.

Bewegung im Alltag

Gesunde Lebensweise heisst, sich jeden Tag ca. 20 - 30 Minuten zu bewegen. Und das muss noch nicht mal am Stück passieren, sondern kann auch aufgeteilt werden in beispielsweise 2 oder 3 mal 10 Minuten. Und dafür findet sich nun bestimmt in jedem Tagesablauf Gelegenheit. Sie werden überrascht sein, welche positiven Auswirkungen diese zusätzliche Bewegung zeigt:

- Sie haben mehr Sauerstoff im Hirn, können sich besser konzentrieren und sind leistungsfähiger.
- Die Nervosität oder Anspannung (vor allem während der ersten Phase des Entzuges) wird auf wundersame Weise abgebaut.
- Körperliche Betätigung setzt Endorphine frei. Das verursacht ein wahres Glücksgefühl.
- Ihr Körper wird leistungsfähiger und strotzt nur so vor Vitalität und Kraft. Damit steigt automatisch auch das Wohlbefinden und die Lebensqualität.
- Der Stoffwechselumsatz wird gesteigert und eine Gewichtszunahme stellt somit definitiv kein Problem mehr dar.
- Wenn Sie sich bewegen, atmen Sie automatisch tiefer ein. Frische Luft strömt so in die hintersten Ecken Ihrer Lunge und Krebs erregender Abfall wird schneller abgebaut und ausgeschieden.

Um diese positiven Wirkungen zu spüren ist kein anstrengendes Krafttraining oder stundenlanges Jogging nötig, nur ein wenig Bewegung. Nachfolgend einige Ideen, wie Sie ohne Sport zu einer halben Stunde Bewegung kommen:

- Steigen Sie beim Tram eine oder zwei Haltestellen zu früh aus. Als Autofahrer parken Sie jeweils bewusst nicht direkt „vor der Tür". Ein Kilometer zu Fuss gehen heisst 15 Minuten abschalten, den Kopf durchlüften und dabei entdecken Sie erst noch Ihre Umgebung neu.
- Wenn der Arbeitsweg es zulässt: Fahren Sie mit dem Fahrrad zur Arbeit. 4 - 5 Kilometer Arbeitsweg = 15 Minuten entspanntes Radfahren. Sie werden sich wundern, wie fit und optimistisch gestimmt Sie im Geschäft ankommen!
- Falls Ihr Arbeitsweg für obigen Vorschlag zu lang ist, dann benutzen Sie stattdessen das Stahlross für den Einkauf.
- Ein alter Hut, aber immer aktuell: Statt dem Lift benutzen Sie in Zukunft die Treppe.

Die Möglichkeiten sind unbeschränkt, jeder kann sein eigenes Programm zusammenstellen. Ganz klar haben Sie viele gute Einfälle, was Sie tun wollen, wenn Sie nicht mehr rauchen. Schreiben Sie diese Ideen gleich auf:

- _____
- _____
- _____

Darf es auch Sport sein?

Der Appetit kommt mit dem Essen. Wenn Sie sich erst mal daran gewöhnt haben, sich regelmässig zu bewegen, dann könnte es auch sein, dass Sie plötzlich Lust bekommen, richtig Sport zu treiben. Tun Sie es! Suchen Sie sich eine Sportart, die Ihnen zusagt.

Ganz egal wie fit Sie sich im Moment fühlen oder wie alt Sie sind, es gibt für jeden die richtige Sportart. Ob Sie Schwimmen, Velofahren oder Wandern, Fussball, Tennis oder Badminton spielen oder sich ein Ruderboot zulegen und den See unsicher machen, es gibt unendlich viele Möglichkeiten. Wichtig ist nur, dass Sie sich bewegen und Spass daran haben. Übertreiben Sie es nicht, denn die Regelmässigkeit ist wichtiger als die Intensität. Lieber regelmässig ein- oder zweimal die Woche etwas Weniges tun als einmal im Monat sich bis zum Umfallen abrackern. Denn Gedanken wie „höher, schneller, weiter" taugen vielleicht in der Arbeitswelt, der Sport soll jedoch ein Ausgleich zu Ihrem übrigen Leben sein, das Wichtigste ist, dass Sie sich wohl fühlen und Spass haben.

Sport als gesellschaftliches Ereignis

Suchen Sie sich gleich auch eine Kollegin oder einen Kollegen, der diese Sportart mit Ihnen zusammen ausüben will. Zu zweit macht es mehr Spass. Ausserdem ist die Chance grösser, dass Sie „Ihren" Sport dann auch regelmässig durchziehen. Wenn Sie im unmittelbaren Umfeld niemanden zum mitmachen motivieren können, erkundigen Sie sich nach einem Verein oder Klub in Ihrer Umgebung. Adressen von Sportvereinen und -klubs finden Sie in jedem Telefonbuch, auch die Gemeindeverwaltung kann Ihnen weiterhelfen.

Der „morgen"-Sportler

Noch etwas zur Trägheit: Wenn Sie lange nichts Sportliches mehr gemacht haben, kann es sein, dass Sie sich die ersten paar Mal überwinden müssen, sich von Ihrer antrainierten Trägheit zu lösen. Es lohnt sich aber, den inneren Schweinehund zu überwinden, denn mit der Zeit entwickelt sich aus dem Sport eine positive Gewohnheit. Ihnen wird sogar etwas fehlen, wenn Sie einmal nicht dazu kommen, Ihren Lieblingssport auszuüben.

Sport für die Gewichtskontrolle

Wenn Sie sich sportlich betätigen, um das Gewicht zu kontrollieren, dann ist es nicht nötig, dass Sie ans körperliche Limit gehen. Im Gegenteil: Sportliche Betätigung im „Low-Compact-Bereich" ist angesagt. Wenn Sie länger als 20 Minuten in diesem Bereich trainieren, schaltet der Körper um. Statt Kohlenhydrate werden jetzt Fettzellen verbrannt. Wenn Sie oft genug in diesem Bereich trainieren (Es genügt ein wöchentliches Pensum von 2 oder 3 mal 30 Minuten) können Sie mit der Zeit buchstäblich dabei „zusehen", wie die überflüssigen Pfunde wegschmelzen wie Schnee an der Sonne.

Und wie funktioniert das nun mit dem Training im Low-Compact-Bereich?
Das Herz schlägt dabei mit 60 - 75% der maximalen Herzfrequenz. Ihre maximale Herzfrequenz rechnen Sie so aus:

Frauen: 226 - Lebensalter = maximale Herzfrequenz
Männer: 220 - Lebensalter = maximale Herzfrequenz

Angenommen, Sie sind 40, dann ist Ihre maximale Herzfrequenz als Frau 186 und als Mann 180.
Rechnen Sie nun davon 60 und 75% aus und Sie wissen, in welchem Bereich Sie trainieren müssen. Der Low-Compact-Bereich liegt in diesem Fall bei Frauen zwischen 111 und 140 und bei Männern zwischen 108 und 135 Schlägen in der Minute.

Wollen Sie in diesem Bereich trainieren, kaufen Sie am besten eine Uhr mit eingebautem Pulsmesser. Diese sind bereits für unter 100 Franken erhältlich. Einige Modelle kosten über Fr. 300.--. Der Preis hat nichts mit der Genauigkeit zu tun, bei den teuren Modellen können Sie noch diverse Statistiken abspeichern, das brauchen Sie aber alles nicht. Auch beim billigsten Modell können Sie eine Ober- und Untergrenze definieren. Fällt der Puls nun nach oben oder unten aus dem gewünschten Bereich, ertönt ein Alarm.

Wenn Sie beim Sport keine solche Uhr tragen wollen, dann achten Sie darauf, dass Sie sich nur soweit anstrengen, dass Sie jederzeit noch durch die Nase ein- und ausatmen können. Sie befinden sich dann noch im Low-Compact-Bereich. Anhand dieser Faustregel sehen Sie also, dass trainieren im Low-Compact-Bereich eher gemütlichere Sportarten betrifft: Walking, Bergaufwandern, *leichtes* Joggen, Schwimmen, Stepping (eine Art „Treppensteigen-Simulator") sind mögliche Varianten.

Sportarten für Sie

Überlegen Sie sich jetzt drei Sportarten, die Ihnen Spass machen und die Sie gerne ausprobieren wollen. Ob Sie sich dann tatsächlich auch darin „austoben", entscheiden Sie aber erst, wenn Sie nicht mehr Rauchen.

- _____
- _____
- _____

Empfehlung

Für alle, die sich bewegen und in der Natur aufhalten wollen: Die Anlagen des „grössten Fitnessklubs der Schweiz" sind meiner Ansicht nach ein absoluter Geheimtipp. Mit über 500 Vita-Parcours in der Schweiz befindet sich wahrscheinlich auch einer in Ihrer Nähe. Nähere Informationen erhalten Sie unter:

Stiftung Vita Parcours, 1723 Marly, Tel. 026 430 06 06, oder www.vitaparcours.ch

Fazit

Wie das lateinische Sprichwort „mens sana in corpore sano" (ein gesunder Geist in einem gesunden Körper) sagt: Im Dreieck Körper-Seele-Geist ist alles miteinander verknüpft. Wenn Sie nun beginnen, den Körper auf sportliche Art zu fördern, werden davon direkt auch Ihre Seele und Ihr Geist profitieren. Ganz automatisch werden Sie leistungsfähiger, selbstbewusster und zufriedener. Oder anders ausgedrückt: Wenn Sie sich sportlich betätigen, sind Sie ein(e) Sieger(in)!

Morgen schauen wir uns an, wie man mit eventuell auftauchenden Verlangensattacken umgeht. Richtig vorbereitet verlieren „schwache Momente" ihren Schrecken.

Vorsicht Rückfallgefahr!

Sie haben sich nun bereits recht gut auf ein neues Leben als Nichtraucher vorbereitet. Sie wissen, welche Faktoren für Ihre Sucht mitverantwortlich sind. Trotzdem lässt es sich nach dem Absetzen der Zigaretten kaum vermeiden, dass Sie hin- und wieder das starke Verlangen verspüren werden, unbedingt „eine anzünden" zu wollen.

Obwohl solche Verlangens-Attacken meistens nach 1 - 2 Minuten vorbei sind, können sie Ihre ganzen guten Absichten und den bis dahin investierten Aufwand auf einen Schlag zunichte machen.

Es ist deshalb wichtig, dass Sie in solchen gefährlichen Momenten eine Strategie parat haben, welche Ihnen hilft, den Schmachtanfall unbeschadet zu überstehen. In diesem Kapitel entwickeln Sie solche Strategien.

Konstruktives Gegenhalten bei Schmachtanfällen

Sie sitzen da und irgend ein Teil in Ihnen möchte unbedingt, dass Sie eine Zigarette in den Mund schieben. Alles verkrampft sich, Sie fühlen sich wehrlos und glauben, Sie können diesem Drang nicht mehr länger wiederstehen. Die Augen zumachen und hoffen, dass dieser Anfall bald vorbei geht, ist nun zu wenig. Was also tun in solch einem Moment?

Das Allerwichtigste: **Befreien Sie sich aus der Opferrolle.** Irgend ein Teil in Ihnen hat das Zepter in die Hand genommen und möchte, dass Sie wieder in das alte Suchtverhalten zurückfallen. Lassen Sie nicht zu, dass dieser Teil die Kontrolle übernimmt. Sie sind der Chef und nur Sie bestimmen! Und Sie wollen schliesslich *keine* Zigaretten mehr rauchen.

Es gibt unzählige Möglichkeiten, auf solch eine Attacke zu reagieren. Und jeder Mensch hat seine eigene, bevorzugte Art. Es kann also nicht generell gesagt werden, dass eine Variante besser oder schlechter ist. Wichtig ist nur, dass Sie Strategien *für sich* zurechtlegen, welche Ihnen im Notfall ermöglichen, den Schmachtanfall unbeschadet zu überstehen. Nachfolgend finden Sie einige mögliche Methoden:

Ablenkung

Lenken Sie sich ab, indem Sie sich möglichst BEWUSST mit irgendetwas anderem beschäftigen:

- Essen Sie einen Apfel. Geniessen Sie jeden einzelnen Bissen und kauen Sie besonders lange.
- Rufen Sie jemanden an (gut geeignet, wenn Sie rauchen wollen, weil Sie sich einsam fühlen).
- Dreistufige Vollatmung: Machen Sie die Atemübung, welche Sie in Kapitel „Entspannung" gelernt haben (Seite 69).
- Nehmen Sie einen zuckerfreien Kaugummi, kauen Sie ihn weich und versuchen, damit im Mund irgendwelche Miniaturfiguren zu formen.

Hände beschäftigen

Sollte der Schmachtanfall auch damit zu tun haben, dass Sie nicht wissen, wohin mit den Händen, dann könnten Sie:

- Notizen / Zeichnungen / Kritzel machen
- Ihre Brille so intensiv putzen, wie Sie das noch nie getan haben
- Eine Serviette zerknüllen und kleine Kügelchen damit basteln. Wenn Sie wollen, spicken Sie diese dann jemandem nach.
- Wenn Sie ein Mann sind: Einen Bart wachsen lassen und daran herumzupfen.

Verhandeln und verschieben

Irgendetwas in Ihnen schreit also nach einer Zigarette? Finden Sie zuerst einmal heraus, wer oder was da nach Nikotin ruft. Es ist wichtig, dass Sie sich klar von diesem Verlangen distanzieren. *Sie selber* wollen ja keine Zigarette, Sie sind schliesslich jetzt Nichtraucher. Also: Wer oder was ist es da, dass nach der Droge Nikotin verlangt? Ist es der Nikotinteufel? Oder Ihre Hirnrezeptoren? Nehmen Sie Kontakt auf mit diesem entsprechenden Teil und beruhigen Sie diesen. Erklären Sie ihm, dass er seine Zigarette bekommt, aber *erst in fünf Minuten*, falls er dann noch will. Ein Schmachtanfall dauert aber – und das ist das Schöne daran – im Normalfall zwei, höchstens drei Minuten. Sollte die Angelegenheit ausnahmsweise nach fünf Minuten noch nicht überstanden sein, wird selbstverständlich erneut verschoben.

Urschrei-Methode

Wenn Sie spüren, wie sich etwas in Ihnen verkrampft und nach einer Zigarette verlangt, dann holen Sie zuerst tief Luft und lassen dann den ganzen aufgestauten Frust und die Anspannung mit einem möglichst lauten Schrei raus: AAAHHH! Oder Sie können auch laut rufen: SCHEEIIIIISSSSE!
Sie schreien so lange, bis die ganze Luft raus ist. Das befreit ungemein! Leider kann man diese Strategie nicht überall anwenden, da einen die Leute eventuell komisch ansehen würden. Aber für alle geeignet, die zum Beispiel (alleine) im Auto unterwegs sind.

Notfallzettel

Eine häufig praktizierte Methode für gefährlich Momente besteht im Basteln eines „Notfallzettels". Es handelt sich dabei um ein kleines Stück Papier (ca. A/6). Auf diesen Zettel können Sie alles Mögliche notieren, zeichnen und aufkleben:

- Die wichtigsten Gründe, warum Sie nicht mehr Rauchen wollen
- Die wichtigsten Motivations-Sätze / Durchhalteparolen
- Eine Belohnung, die Sie sich gönnen, wenn Sie eine bestimmte Zeit nicht mehr geraucht haben
- Die Namen aller Leute, die *nicht* daran glauben, dass Sie es schaffen (denen zeigen Sie's nämlich!)
- Ein Bild einer Raucherlunge, wenn Sie es auf die „harte Tour" mögen

Den Notfallzettel stecken Sie nun in die Brieftasche. Wenn Sie von Schmachtanfällen geplagt werden, nehmen Sie diesen Papier zur Hand und gehen die einzelnen Punkte der Reihe nach durch. Entscheiden Sie *danach*, ob Sie nun wirklich einen Giftstängel in den Mund nehmen wollen.

Der rettende Satz

Denken Sie sich vorab einen Satz aus, der für Sie persönlich alles zusammenfasst, was Ihnen bei Ihrer Entscheidung, Nichtraucher zu werden, wichtig war. Oder ein Satz, der Ihnen klipp und klar macht, dass Sie *jetzt* keine Zigarette rauchen werden. So ein Satz könnte sein:

- „Ich weiss, dass ich mich jetzt ein bisschen elend fühle, weil ich nicht rauchen kann, aber RICHTIG elend würde ich mich fühlen, NACHDEM ich die Zigarette geraucht hätte."
- „Es ist so schön, endlich FREI zu sein. Ich will das jetzt nicht wegen einer einzigen Zigarette zerstören."

Verinnerlichen Sie sich diesen Satz so, dass Sie ihn bei einer eventuellen Versuchung gleich im Kopf haben. Dieser positive Gedanke sollte sich automatisch vor Ihren negativen Gedanken (Zigarette) schieben.
Stellen Sie sich bereits im Voraus vor, wie Sie Nikotinentzug haben und dank diesem Satz die Oberhand behalten. Wenn der Satz stark genug ist, wird er die Gefahr wirkungsvoll abwenden.

Die starke Nichtraucher-Hand

Umfassen Sie mit der Hand, welche die Zigarette *nicht* hält (Nichtraucher-Hand) die Hand, mit welcher Sie normalerweise rauchen (Raucher-Hand). Spüren Sie nun, wie Ihre Nichtraucher-Hand stärker ist als die Raucher-Hand. Selbst wenn Sie wollten, Sie könnten jetzt gar keine Zigarette in die Hand nehmen, denn Ihre Raucher-Hand wird zurückgehalten. Aber es geschieht noch etwas anderes: Von der Nichtraucher-Hand überträgt sich eine wunderbare Ruhe und Entspannung auf Ihre Raucher-Hand. Und von dort aus auf den ganzen Körper. Ganz intensiv spüren Sie jetzt: *Ich habe mich in der Hand, ich habe mich tatsächlich im Griff.* Und Sie fühlen sich grossartig. Diese Strategie lässt sich sehr gut verknüpfen mit der Anker-Übung aus dem Kapitel "Zigaretten als Anker" (Seite 54).

Lächeln

Lächeln Sie! Denken Sie dabei an Ihre Lunge und wie wunderbar es ist, dass Sie jetzt nicht mehr Rauchen müssen. Freuen Sie sich, dass Schmachtanfälle, wie Sie jetzt gerade einen erleben, bald der Vergangenheit angehören. Lächeln erzeugt unglaublich viele gute Gefühle. Wenn es Ihnen gelingt, ein ehrliches Lächeln auf Ihr Gesicht zu zaubern, dann wird sich diese Geste vom Körper auf die Psyche übertragen und die Anspannung löst sich sehr schnell wieder auf.

Selbstbeobachtung

Eine Strategie für starke Naturen: Freuen Sie sich, dass Sie von Entzugserscheinungen geplagt werden! Sehen Sie das als Beweis an, dass Nikotin eine starke Droge ist. Kosten Sie diesen Schmachtanfall ganz bewusst aus: Horchen Sie in sich hinein und beobachten Sie, was da genau abgeht, was das ist, dass Sie von aussen als Verlangen nach einer Zigarette wahrnehmen. Ist es der Nikotinteufel, der Sie quält? Möglicherweise finden Sie heraus, dass das Verlangen nur von einem einzigen Teil in Ihnen ausgelöst wird. Nehmen Sie Kontakt auf mit dem Teil, der diese Zigarettenlust auslöst. Machen Sie diesem Teil dann auch gleich klar, dass er sich solche Überfälle in Zukunft ersparen kann, weil Sie nicht vorhaben, jemals wieder eine Zigarette anzuzünden.

Flucht

Wenn gar nichts mehr hilft: Wechseln Sie Ihren momentanen Aufenthaltsort. Wenn Sie die Möglichkeit haben, gehen Sie ein paar Schritte zu Fuss. Optimal wäre, wenn Sie sich kurz an der frischen Luft bewegen.

Ist das nicht möglich, holen Sie ein Glas Wasser, trinken es ganz bewusst (behalten Sie jeden Schluck mindestens 5 Sekunden im Mund und „spülen" Sie vor dem herunterschlucken noch die Zähne).

Apropos Zähne: Eine sehr bewährte Strategie ist das Zähneputzen. Auch hier wieder möglichst bewusst die Zähne putzen! Bei der Gelegenheit können Sie sich auch schon darauf freuen, dass diese bald den gelb-braunen Belag verlieren (nicht wegen des vielen Putzens, sondern weil Sie jetzt nicht mehr rauchen). Grinsen Sie sich ruhig auch mal an und lächeln Sie sich zu!

Aufgabe

Das waren ein paar Vorschläge, wie Sie dem unmittelbaren Verlangen nach einer Zigarette begegnen können. Wählen Sie aus diesen Vorschlägen einen oder zwei aus, die Sie auch selber benutzen wollen.

Eventuelle Schmachtattacken werde ich mit folgenden Methoden unschädlich machen:

- _____

- _____

Entwickeln Sie auch Ihre persönlichen Methoden. Überlegen Sie sich drei _eigene_ Strategien, die Sie benutzen, wenn Sie von einem Schmachtanfall heimgesucht werden. Lassen Sie sich dabei Zeit. Schliessen Sie die Augen und stellen sich vor, Sie durchleben genau jetzt, in diesem Moment so einen Schmachtanfall. Wie begegnen Sie diesem?

Folgende drei eigenen Methoden wende ich an, wenn ich vom Verlangen nach einer Zigarette überfallen werde:

- _____
  _____

- _____
  _____

- _____
  _____

Wenn Sie drei Methoden gefunden haben, die 100% für Sie passen, dann können Ihnen Schmachtanfälle nichts mehr anhaben. Das Ganze verhält sich wie bei einem Wettkampf. Der Schmachtanfall gegen Ihre Strategien. Wenn die vorbereiteten Strategien stärker sind, dann haben Sie den Kampf gewonnen.

Nur eine einzige Zigarette / nur ein einziger Zug

Fast jeder Raucher kommt – meistens in der Phase des körperlichen Entzuges – einmal in Versuchung:

Nur eine einzige Zigarette

oder

Nur ein einziger Zug

Wenn Sie dieser – schlechten – Idee nachgeben, haben Sie sich selber betrogen und es besteht die Gefahr, dass Sie am nächsten Tag wieder einen Rückfall in Ihre alten Rauchgewohnheiten erleiden. Eine einzige Zigarette gibt es nicht! Diese Idee schlagen Sie sich JETZT GLEICH aus dem Kopf.

Sie haben bereits erkannt, dass es sich beim Rauchen um eine Drogensucht handelt. Und es liegt in der Natur einer Sucht, dass man diese nicht kontrollieren kann. Wenn Sie schon einen gescheiterten Aufhörversuch hinter sich haben, dann kennen Sie das ja bereits: **Eine einzige Zigarette zerstört alles, was Sie bisher geleistet haben.** Ihre ganzen Anstrengungen waren umsonst. Lassen Sie mich das in Form einer mathematischen Gleichung formulieren:

Eine einzige Zigarette = VORBEI

Sie finden das zu krass? Sie meinen, ich übertreibe? Keineswegs. Schauen wir doch einmal was passiert, wenn Sie – sagen wir nach 5 Tagen Entzug – eine Zigarette rauchen:

1. Da Sie sich noch in der Phase des körperlichen Entzuges befinden, sind Sie sehr wahrscheinlich ein bisschen nervös. Wenn Sie jetzt wieder die Droge Nikotin zuführen, weicht diese Anspannung innert Sekunden einer gelösten Entspannung. Ihr *Unterbewusstsein* taxiert die Zigarette damit fälschlicherweise als Entspannungsmittel. Vom *Intellekt* her wissen Sie zwar, dass es sich anders verhält, aber einen Kampf gegen das eigene Unterbewusstsein ist schwer zu gewinnen

2. Gleichzeitig haben Sie sich selbst nun auch wieder eine neue Dosis der Droge Nikotin verabreicht. Sie stehen damit wieder am Anfang des Entzuges. Der Körper hat also fünf Tage lang umsonst das Gift aus seinem Körper gewaschen und darf jetzt wieder von vorne beginnen. Eine solche Tortur würden Sie nicht mal Ihrem schlimmsten Feind wünschen, tun Sie das Ihrem Körper nicht an.

3. Ganz bestimmt werden Sie auch gleich nach dem Rauchen der Zigarette ein schlechtes Gewissen haben. Die Anspannung ist weg und damit auch der Grund dafür, warum Sie rauchen wollten. Es ist hier die gleiche Geschichte wie bei den Schafen: Auf der anderen Seite des Zaunes sieht das Gras immer grüner aus. Will heissen: Wenn Sie Rauchen, wollen Sie lieber Nichtraucher sein, und wenn Sie dann Nichtraucher sind, wollen Sie lieber rauchen. Aber zum Glück sind Sie kein Schaf. Bedenken Sie Folgendes: Entweder wollen Sie Raucher sein und rauchen, oder Sie wollen lieber Nichtraucher sein und eben nicht rauchen. Sie können aber keinesfalls Nichtraucher sein und trotzdem dabei rauchen wollen. So etwas würde man in der Medizin als schizophren (Persönlichkeitsspaltung) bezeichnen.

4. Viele Ex-Raucher beginnen nach einem Ausrutscher sogleich wieder in dem Masse zu Rauchen, wie sie das vorher getan hatten. Einigen gelingt es jedoch, die Wiederaufnahme ihrer alten Raucherkarriere noch ein bisschen

hinauszuzögern. Es ist leicht durchschaubar, was hier abläuft: Der Ex-Raucher hat eine Zigarette geraucht und schaffte es danach, wieder ein paar Tage ohne Rauchen zu verbringen. In seinem Gehirn lagert sich nun folgende Botschaft ab: „Toll, ich habe eine Zigarette geraucht und bin trotzdem nicht wieder abhängig geworden." Darauf folgt dann die Idee: „Ich kann ja meinen Zigarettenkonsum kontrollieren." Und irgendwann wird wieder eine Zigarette angezündet, dieses Spiel wird sich einige Male wiederholen, aber bald hat der Ex-Raucher keine Kraft mehr, Widerstand zu leisten und fällt in seine alten Rauchgewohnheiten zurück.

Noch einmal in aller Dringlichkeit: TUN SIE SICH DAS ALLES NICHT AN.

Wenn Sie sich einmal entschieden haben, Nichtraucher zu werden, dann halten Sie sich einzig an den folgenden Grundsatz:

ES GIBT KEINEN EINZIGEN GRUND, WARUM SIE JEMALS WIEDER EINE ZIGARETTE ANZÜNDEN SOLLTEN.

Etappenweise Reduzieren

Eine weitere Gefahr von „nur einer Zigarette" ist folgende: Wenn Sie irgendwann schwach geworden sind und „nur eine" geraucht haben, kommen Sie vielleicht auf folgende – schlechte – Idee: „Ich höre nicht sofort auf mit Rauchen, sondern reduziere etappenweise."

Zunächst einmal: Es gibt tatsächlich Leute, die es geschafft haben, den Zigarettenkonsum etappenweise zu reduzieren und eines schönen Tages dann ganz aufzuhören. Allerdings haben diese Leute denn Ausstieg nicht *wegen* dieser Vorgehensweise geschafft, sondern *trotz* dieser.

Überlegen Sie, was bei dieser Methode genau passiert: Sie versorgen Ihren Körper permanent mit einer Droge, auf die er mit Sucht reagiert. Er verlangt nun dauernd nach neuen Dosen des Giftes, während Sie sich selbst dazu zwingen, nur noch einen Teil der früheren Menge zuzuführen. Sie erreichen damit vier Dinge:

1. Ihr Körper kann sich so *nie* von der Droge Nikotin entwöhnen, Ihr Leiden wird demzufolge auch *niemals* kleiner
2. Je mehr Sie das Rauchen reduzieren, desto wichtiger wird die einzelne Zigarette. Am Schluss bauen Sie Ihren ganzen Tagesablauf um diese Suchtstängel auf.
3. Insgeheim reden Sie sich ständig ein, dass Nikotin etwas ist, dass Sie unbedingt brauchen (sonst würden Sie es ja sein lassen). Diese Botschaft prägt sich tief ins Unterbewusstsein ein und es wird immer schwieriger, mit dem Rauchen ganz aufzuhören.

4. Je weniger Zigaretten Sie pro Tag noch rauchen, desto schwieriger wird es, weiter zu reduzieren. Irgendwann fangen Sie an zu zweifeln: „Jetzt ist es mit 5 Zigaretten schon so schwer, da werde ich ganz ohne sowieso nicht auskommen."

Machen Sie sich das Leben nicht schwerer als unbedingt notwendig. Wenn man einmal von einer Droge (Nikotin) abhängig ist, dann kann man diesen Konsum nur mit immenser Anstrengung kontrollieren. Viel müheloser gelingt es, ganz darauf zu verzichten. Schlagen Sie sich darum den Gedanken an einen etappenweisen Ausstieg *jetzt gleich* aus dem Kopf. Halten Sie sich stets in Erinnerung: **Keine Zigarette ist leichter als eine Zigarette.**

Der eingebaute Automat

Sie kennen das beim Fotoapparat: Sie drücken auf den Auslöser und der Apparat macht – klick – ein Foto. Es handelt sich um eine fest verdrahtete Funktion. Sie drücken, die Kiste macht klick. Das ist Ihnen längst bekannt.

Was Ihnen weniger bekannt sein dürfte: Jeder Raucher hat ebenfalls eine Art eingebauten Auslöser, der jedes Mal automatisch nach einer Zigarette verlangt, sobald er gedrückt wird.

Bestimmt kennen Sie folgende Situation: Nach dem Essen lehnen Sie sich zurück, trinken einen Kaffee und – klick – Ihr Auslöser wird gedrückt. Wahrscheinlich kann sich kein Raucher diesen Kaffee ohne Zigarette vorstellen. Überlegen Sie einmal, warum das so ist. Warum zünden Sie nach dem Essen zum Kaffee automatisch eine Zigarette an?

Sie meinen, das hängt mit der körperlichen Abhängigkeit zusammen? Klar, Sie haben gegessen und konnten dadurch vielleicht eine halbe Stunde keine Zigarette mehr inhalieren. Da schreit der Körper nach Drogen-Nachschub. Der wahre Grund aber, warum zu diesem nach-dem-Essen-Kaffee *unbedingt* eine Zigarette gehört ist viel simpler: Es handelt sich ganz einfach um eine schlechte Angewohnheit.

Die Macht der Gewohnheit

Oft wiederholte Bewegungen und Tätigkeiten schleifen sich mit der Zeit tief ins Unterbewusstsein ein und werden dabei so selbstverständlich, dass Sie völlig unbewusst, irgendwie mechanisch ausgeführt werden. Es ist ein Ritual, dass Sie schon tausendmal so durchgespielt haben und das darum im Gehirn fest verdrahtet ist. Tatsächlich funktioniert das Ganze wie beim Fotoapparat: Druck auf den Auslöser (Kaffee) = Klick (Zigarette). Oder wissenschaftlich ausgedrückt: Da das Rauchen überall im Alltag geschieht, wird es an alltägliches Verhalten gekoppelt und somit entstehen viele Schlüsselreize.

Jeder Raucher findet in seinem Tagesablauf eine Unmenge solcher Auslöser. Einige sind offensichtlich, andere sind besser versteckt und bei flüchtiger Betrachtung merkt man gar nicht, dass gewisse Situationen oder auch Stimmungen Schlüsselreize sind. Wichtig ist, dass Sie sich möglichst genau darüber im Klaren sind, welche Auslöser in *Ihrem* Tagesablauf vorkommen, und was noch wichtiger ist, wie Sie in Zukunft vermeiden, dass solch ein Auslöser eine Zigarette zur Folge hat. Es geht also darum, diese fest eingeprägten Gewohnheiten neu zu programmieren.

Vermeiden dass es „klickt"

Die Herausforderung besteht also aus zwei Teilen:

1. Einen Auslöser zuerst mal als solchen erkennen (d.h. bewusst machen)
2. Eine geeignete Gegenstrategie entwickeln, damit der Auslöser keine Zigarette zur Folge hat

Eine Gegenstrategie für den „Kaffee-nach-dem-Essen-Auslöser" wäre, dass Sie auf diesen – zumindest eine Zeit lang – verzichten. Stehen Sie stattdessen nach dem Essen auf, gehen Sie spazieren. Sie laufen dem Problem somit einfach davon. Das gleiche Resultat erreichen Sie, wenn Sie unmittelbar nach dem Essen die Zähne putzen gehen.

Eine weitere Gegenstrategie: Statt dass Sie eine Zigarette rauchen, verputzen Sie zum Kaffe ein gesundes Dessert. Einen Fruchtsalat, ein paar Trauben, einen Caramelpudding oder worauf Sie auch immer Lust haben. Wenn Sie sich ganz darauf konzentrieren, wie fein dieser Nachtisch schmeckt, dann werden Sie auch mit Leichtigkeit auf die Zigarette verzichten können.

Es gibt zu jedem möglichen Auslöser die verschiedensten Arten von Gegenstrategien. Bleiben wir noch kurz bei dem Kaffee-Beispiel: Im Prinzip lassen sich die soeben aufgeführten Gegenstrategien in zwei verschiedene Gruppen einteilen:

Zwei Arten der Gegenstrategie

1. **Den Auslöser vermeiden**
   (Spaziergang machen, Zähne putzen)

2. **Dem Auslöser kreativ entgegentreten**
   (Dessert essen)

Welche dieser zwei Strategien Sie schlussendlich benutzen, ist Ihre Entscheidung. Jeder Mensch hat hier seine eigenen Vorlieben. Benutzen Sie je nach Lust und Laune mal verschiedene Strategien. Am unkompliziertesten ist, wenn Sie Strategie 1 (Auslöser vermeiden) anwenden, Sie können jedoch nicht allen Auslöser-Situationen aus dem Weg gehen.

Wichtig ist nur eines: Wenn Sie mit Rauchen aufhören, dürfen schlechte Gewohnheiten kein *Klick* mehr bei Ihnen verursachen.

Auslöser: Situationen

Soviel mal zur Theorie. Nachfolgend finden Sie eine kleine Sammlung von solchen Auslöser-Situationen, die natürlich alles andere als vollständig ist. Lesen Sie diese Beispiele langsam durch. Fragen Sie sich bei jedem, ob – und wie stark – diese Auslöser bei Ihnen jeweils vorhanden sind.

- telefonieren
- fernsehen
- bei zu bewältigenden Problemen
- „anbandeln" / Kontakt suchen
- wenn Konzentration gefragt ist
- Pause machen
- autofahren
- Zigarette als Selbstbelohnung
- Alkohol trinken
- nach dem Aufstehen
- warten (auf den Bus/auf eine Person)

Auslöser: Gefühle

Nicht nur Situationen können als Auslöser funktionieren. Auch bei bestimmten Gefühlen und Gemütszuständen wird gerne zur Zigarette gegriffen. Solche möglichen Auslöser-Gefühle können etwa sein:

- Stress
- Nervosität
- Angst
- Ärger
- Einsamkeit
- Langeweile

Natürlich ist es schwierig, Gefühlen aus dem Weg zu gehen. Meistens tauchen sie unerwartet auf und dann „hat man sie am Hals". Aber wie das Beispiel *Langeweile* zeigt, kann man durchaus auch bei (negativen) Gefühlen versuchen, diese gar nicht erst entstehen zu lassen. Welche Möglichkeiten gäbe es also beim Thema *Langeweile*:

1. **Den Auslöser vermeiden**

   Lassen Sie Langeweile gar nicht erst entstehen. Wollten Sie schon lange etwas lernen? Eine Fremdsprache, Gitarrespielen oder Rollerskaten? Jetzt ist der richtige Moment dazu.

2. Dem Auslöser kreativ entgegentreten

Wenn sich trotz aller Initiative einmal Langeweile einstellt, dann nutzen Sie die Zeit, um zu meditieren.

Aufgabe: Situation und Gegenstrategie

Wie überall im Leben gilt auch beim Nichtrauchen: Eine gute Vorbereitung sichert den Erfolg. Wenn Sie die Gefahr von Situationen, in denen es „klickt" erkennen und sich darauf entsprechend vorbereiten, sind diese so gut wie entschärft.

Gehen Sie in Gedanken Ihren Tagesablauf durch, von morgens wenn Sie aufstehen bis abends, wenn Sie wieder ins Bett steigen. Notieren Sie alle Situationen, von denen Sie denken, dass es sich um einen „Rauch-Auslöser" handelt. Lassen Sie sich dabei genug Zeit. In Ihrem Tagesablauf kommen mehr solche Auslöser vor, als Sie im ersten Moment denken.

In einem zweiten Schritt überlegen Sie, welche Gegenstrategien Sie für diese Auslöser-Situationen entwickeln können. Je mehr Ideen Sie für eine Situation finden, desto leichter fällt es Ihnen im Ernstfall, geeignete Gegenmassnahmen zu ergreifen.

Egal, wie viele Situationen die erste Liste enthält; Sie können davon ausgehen, dass Sie noch lange nicht alle Auslöser in Ihrem Tagesablauf „enttarnt" haben.
Fragen Sie sich deshalb ab morgen vor jeder Zigarette, *warum* Sie diese rauchen wollen und ob es sich um eine „automatische" Zigarette handelt. Zünden Sie ab jetzt Ihre Zigaretten erst an, wenn Sie die Frage für sich beantwortet haben. Sie werden so noch viele weitere Auslöser-Situationen entdecken

Schreiben Sie nachfolgend *Ihre* Auslöser-Situationen auf und welche Gegenstrategien Sie im jeweiligen Falle ergreifen. Versuchen Sie, pro Situation sämtliche Gegenstrategie-Arten zu berücksichtigen.

Situation: *Nach dem Essen*

Gegenstrategie: *Zähne putzen (1) Spaziergang (1), Nachtisch (2) statt Kaffee mal einen Grüntee trinken (2)*

Situation: _____

Gegenstrategie: _____

_____

_____

Situation: _____

Gegenstrategie: _____

_____

_____

Situation: _____

Gegenstrategie: _____

_____

_____

Situation: _____

Gegenstrategie: _____

_____

_____

Situation: _____

Gegenstrategie: _____

_____

_____

Situation: _____

Gegenstrategie: _____

_____

_____

Die lieben Mitmenschen

Tag 9

80% aller Rückfälle in Gesellschaft

Gemäss Lungenliga Schweiz ereignen sich rund 80% aller Rückfälle in Gesellschaft von Rauchern. Das erklärt auch, warum mehr als die Hälfte der Rückfall-Zigaretten geborgt sind. Unter Rauchern ist das Verlangen nach einer Zigarette anscheinend bedeutend stärker als sonst. Auch der berühmte Satz „Lass mich nur einmal ziehen" kommt nur in Gesellschaft von Rauchern vor und wirkt sich, wenn einem dieser Wunsch gewährt wird, fatal aus.

Aus diesen Fakten lässt sich nur ein Schluss ziehen: Seien Sie in Gesellschaft von Rauchern immer auf der Hut. Unterschätzen Sie nicht die Gefährlichkeit der Gruppendynamik. Seien Sie sich bewusst, dass – vor allem am Anfang des Entzuges – der Geschmack von Zigarettenrauch sehr verführerisch für Sie sein kann.

Um einen Rückfall in Gesellschaft von Rauchern zu vermeiden, stehen mehrere Möglichkeiten offen. Nachfolgend die wichtigsten Strategien:

Meiden von Orten, wo geraucht wird

Vor allem die ersten paar Tage des Entzuges ziehen Sie es wahrscheinlich vor, um Raucher einen grossen Bogen zu machen. Das ist verständlich, und tatsächlich haben Sie auch vielfach die Möglichkeit dazu: Gesellen Sie sich im Restaurant oder in der Kantine einfach zu den Nichtrauchern.

Verstecken Sie sich aber nicht zu Hause und versuchen abzuwarten, bis sich Ihre Entzugserscheinungen gelegt haben. Dazu haben Sie keinen Grund. Schliesslich hören Sie bloss auf zu rauchen, nicht zu leben! Verzichten Sie also nicht auf Gesellschaft. Gehen Sie hinaus und geniessen Sie das Leben.

Wenn Sie sich noch nicht so sicher fühlen, gehen Sie am Wochenende irgendwohin, wo nicht geraucht werden darf, zum Beispiel in ein Museum, das Sie seit langem besuchen wollen. Für mich war der Botanische Garten in Zürich eine absolute Entdeckung. Man kann dort sogar im Winter ein tropisches Klima geniessen und wunderbar abschalten. Es gibt unzählige solcher Orte, notieren Sie drei, die Sie als Nichtraucher besuchen wollen.

Folgende Orte, an denen nicht geraucht werden darf, besuche ich, wenn ich Nichtraucher bin:

- _____

- _____

- _____

Sie sind der Chef

Unbedingt zum Thema „rauchfreie Orte" gehört auch Folgendes: Wenn Sie nicht mehr rauchen, werden sämtliche Zonen, die zu Ihrem „Hoheitsgebiet" gehören, ab sofort zu Nichtraucherzonen erklärt. Dazu gehören unter anderem:

- Wohnung
- Auto
- Arbeitsplatz

In der Wohnung

Wenn Sie damit aufhören, Ihre Wohnung zu verstinken und die Wände mit einem gelb-braunen Farbbelag zu überziehen, dann hat auch niemand anderes das Recht dazu. Also: Besuch und sogar rauchende Angehörige werden ab jetzt ihre Glimmstängel auf dem Balkon oder vor der Tür rauchen. So viel Rücksichtnahme dürfen Sie verlangen.

Wenn Sie mit dem Rauchen aufhören, erholen sich Ihre Geruchsnerven schneller, als der Rauchgestank aus den Vorhängen, Teppichen und Tapeten verschwindet. Mir ist das ebenfalls passiert. Als ich aufhörte zu Rauchen, kam ich am zweiten Tag von der Arbeit nach Hause und wie ich die Haustüre aufmachte, traf mich fast der Schlag: Der Mief von abgestandenem Rauch, der mir entgegenkam, haute mich fast um.
Auch Sie werden nach einem Rauchstopp die schlechte Luft in der Wohnung schnell wahrnehmen. Abhilfe schaffen das Waschen der Vorhänge und eventuell das Schamponieren der Teppiche. Den Gestank in den Tapeten neutralisieren Sie, indem Sie ein wenig Aroma-Öl (Zitronen-Essenz) in eine Duftlampe oder einen Aromaverdunster geben. Alle diese Teile sind in der Apotheke oder Drogerie erhältlich.

Im Auto

Manchmal kann man Autofahrer beobachten, die beim Rauchen – auch im tiefsten Winter – das Fenster geöffnet haben und den Rauch aus dem Auto blasen. Der Zweck ist klar: Hier soll vermieden werden, dass sich der Zigarettenrauch im Wagen und an den Fensterscheiben als klebriger, ekliger Film absetzt. Aber denselben Giftrauch saugen diese Autofahrer in ihre Lungen!
Als Ex-Raucher fällt einem so etwas auf und man fragt sich, wo da die Logik bleibt. Das bedeutet doch, dass diesen Rauchern der Zustand des Autos wichtiger ist als der

Zustand der eigenen Lunge. Oder liegt es daran, dass man die hässlichen Ablagerungen im Auto sieht, die Lunge aber im Verborgenen bleibt? Immerhin wird das Auto ja spätestens nach zehn Jahren gegen ein neues eingetauscht, seine Lunge behält man hingegen das ganze Leben. Aber das nur als kleiner Gedanke zwischendurch. Selbstverständlich wird auch Ihr Auto zur absoluten Nichtraucherzone erklärt.

Aschenbecher sinnvoll verwenden

Nachfolgend noch eine „Bastelanleitung" für ein Autozubehör, welches Sie demnächst nicht mehr brauchen:

Waschen Sie den Aschenbecher im Auto gründlich aus. Er wird danach trotzdem noch stinken. Wenn Sie das stört, bestellen Sie bei Ihrem Garagisten einen neuen. Nun funktionieren Sie diesen zu einem Fach für Parkmünzen um oder basteln daraus einen Lufterfrischer. Schneiden Sie dazu einen Putzschwamm auf die benötigte Grösse und tränken Sie diesen mit Ihrem Lieblingsduft (Aftershave oder Eau-de-Toilet). Legen Sie den Schwamm in den Aschenbecher, und wenn Sie in Zukunft Lust auf Wohlgeruch haben, öffnen Sie kurz den Aschenbecher.

Am Arbeitsplatz

Was den Schutz vor Tabak-Emissionen betrifft, hinkt die Schweiz im internationalen Vergleich hinterher. Trotzdem existieren auch hier Gesetze, welche Nichtraucher vor qualmenden Kollegen schützen. Sie haben – wenn Sie das wünschen – Recht auf einen rauchfreien Arbeitsplatz. Dieses Recht ist gesetzlich verbürgt (siehe unten stehender Auszug aus dem Arbeitsgesetz):

```
822.113
Verordnung 3 zum Arbeitsgesetz
(Gesundheitsvorsorge, ArGV 3)
vom 18. August 1993 (Stand am 1. Februar 2000)

Art. 2 Grundsatz[1]
Der Arbeitgeber muss alle Massnahmen treffen, die nötig
sind, um den Gesundheitsschutz zu wahren und zu verbes-
sern und die physische und psychische Gesundheit der
Arbeitnehmer zu gewährleisten.

Art. 19 Nichtraucherschutz
Der Arbeitgeber hat im Rahmen der betrieblichen Möglich-
keiten dafür zu sorgen, dass die Nichtraucher nicht durch
das Rauchen anderer Personen belästigt werden.
```

Diese Artikel sind leider sehr allgemein formuliert, werden aber bei Klagen meistens so ausgelegt, dass ein ausreichender Schutz der Nichtraucher erreicht wird. Dazu ein Kommentar zur Verordnung 3 des BIGA (heute seco) vom September 1995:

> In Aufenthaltsräumen [...] Essräumen [...] hat der Bereich für Nichtraucher jederzeit genügend gross zu sein. Falls die Anlagen, Gebäude oder Arbeitsräume es nicht erlauben, getrennte Arbeitsplätze zu schaffen, oder wenn zwischen rauchenden und nichtrauchenden Mitarbeitern keine Einigung gefunden werden kann, ist auf Verlangen betroffener nichtrauchender Arbeitnehmer ein Rauchverbot zu erlassen.

Dieser kleine Ausflug in die Welt der Gesetze soll nun keinesfalls ein Kampfaufruf darstellen. Es ist immer gut und zeugt auch von Vernunft, wenn man eine gewisse Toleranz an den Tag legen kann. Diese Rücksichtnahme dürfen Sie aber auch von den Rauchern erwarten. Wenn Sie sich als Nichtraucher unwohl fühlen, weil Ihr Arbeitsplatz von anderen zugequalmt wird, so haben Sie das Recht, sich zu wehren. Weisen Sie bei Bedarf Kollegen oder Vorgesetzte auf diese Tatsache hin. Diverse Gerichte haben übrigens aufgrund der obigen Verordnung in verschiedensten Fällen *für* die Anliegen der Nichtraucher entschieden.

Meiden von Personen, die rauchen

Meistens, wenn man sich ausserhalb der eigenen vier Wände aufhält, befindet man sich in einem „Mischbereich". Es sind sowohl Nichtraucher als auch Raucher anwesend. Sie erleichtern sich den Aufenthalt an solch einem Ort, wenn Sie hier mit Nichtrauchern zusammen sind. Vor allem in den ersten 5 - 7 Tagen des Entzuges ist das eine willkommene Hilfe. Bestimmt kennen Sie viele Nichtraucher. Rufen Sie diese Leute an und machen Sie einen guten Vorschlag für eine gemeinsame Unternehmung. Halten Sie jetzt kurz inne und notieren Sie sich mindestens 3 nichtrauchende Personen oder Gruppen, mit denen Sie als frisch gebackener Ex-Raucher etwas unternehmen wollen:

Mit folgenden Nichtrauchern treffe ich mich, wenn ich nicht mehr rauche:

Person / Gruppe   **mögliche Unternehmung**

* _____   _____

* _____   _____

* _____   _____

Unterwegs mit Rauchern

Wie sehr Sie sich bemühen, den Umgang mit Rauchern zu meiden, früher oder später wird sich ein Raucher in Ihrer Nähe befinden. Schlimmstenfalls sind Sie sogar der einzige Nichtraucher in einer Gruppe von Rauchern. Erschwerend kommt vielleicht hinzu, dass Sie früher in dieser Gruppe immer geraucht haben, und sich nun irgendwie „komisch" oder „nicht dazugehörend" fühlen.

Wie meistert man eine solche – brenzlige – Situation? Dazu gibt es verschiedene Strategien. Je mehr davon Sie benutzen, desto klarer ist, dass Sie aus der Schlacht als Sieger hervorgehen. Stellen wir uns vor, Sie sind an einen Anlass eingeladen worden oder haben sich an einem Ort verabredet, wo aller Wahrscheinlichkeit nach geraucht wird. Was tun?

Um Hilfe bitten

Sind Sie mit Raucherkollegen unterwegs, so dürfen Sie diese um Beistand bitten: Erklären Sie, dass Sie im Moment noch auf Entzug sind und eine gewisse Rücksicht schön wäre. Handelt es sich um richtige Freunde, werden diese gerne für den Moment darauf verzichten, „vor Ihren Augen" zu qualmen.

Handelt es sich um nahe stehende Personen (Ehepartner, sehr gute Freunde o.ä.) kann man sogar erwägen, miteinander aufzuhören. Aber hier liegt die Gefahr, dass man dann eben nur aufhört, weil jemand anderer das tut. Meistens (bei einem Rückfall) fangen dann auch beide zusammen wieder an zu rauchen. Überlegen Sie sich also gut, ob das eine Variante für Sie sein könnte.

Mentale Vorbereitung

Stellen Sie sich den Anlass zum Voraus möglichst detailliert vor. Wie Sie dort ankommen, welche Leute anwesend sind, mit wem Sie reden und so weiter. „Riechen" Sie, wie der Rauch von Zigaretten in der Luft liegt. „Spüren" Sie, wie Ihre Entzugserscheinungen Ihnen suggerieren, dass Sie Lust auf eine Zigarette haben. Und nun kommt jemand auf Sie zu und fragt, ob Sie eine Zigarette wollen. Sie jedoch antworten: „Nein danke, ich rauche nicht (mehr)."

Und das Wichtigste: Zum Schluss malen Sie sich aus, wie Sie wieder nach Hause kommen, und Sie platzen fast vor Stolz, denn Sie haben kein einziges Mal zu einer Zigarette gegriffen. Stellen Sie sich vor, wie Sie sich dann fühlen werden. Sie sind glücklich, zufrieden und voller Selbstvertrauen. Sie fühlen sich frei. Sie wissen, dass die Entzugserscheinungen bald vorbei sind und das ist einfach wunderschön! Natürlich steht es Ihnen frei, dieses gute Gefühl, dass Sie nun empfinden, an einem Anker festzumachen.

Nichtraucher-Vertrag

Bei einem Anlass, vor dem Sie sich fürchten, stellen Sie einen Vertrag mit sich selbst auf. Ein Beispiel für solch einen Kontrakt finden Sie auf der nächsten Seite.

Der Vertrag lässt sich beliebig erweitern: Notieren Sie zum Beispiel eine Belohnung, wenn Sie sich an Ihre Abmachung halten. (Natürlich schreiben Sie keine Strafe für den anderen Fall auf, Sie werden doch gegenüber sich selbst nicht vertragsbrüchig werden).

Schreiben Sie diesen Vertrag auf ein möglichst spezielles Stück Papier und nehmen Sie ihn mit an den Anlass.
Denken Sie an ihn, wenn Sie die Lust ans Rauchen überkommt, vielleicht bewahren Sie ihn sogar in der Hosentasche auf und berühren ihn kurz. Sie haben dann auch gleich eine Lösung auf die Frage, wohin mit der Hand.

Imaginationsübung
Diese Übung nennt sich: „Ich bin ein Baum."
Wandeln Sie sich und Ihre momentane Situation um. Stellen Sie sich vor, wie sich Ihr Körper in einen Baum verwandelt. Sie sind jetzt nicht mehr ein Nichtraucher in einer „feindlichen" Raucherumgebung, sondern ein Baum in einem schweren Sturm. Aus den Füssen wachsen Wurzeln und graben sich tief in den Boden. Ihr Körper wird zusehends holziger und aus den Armen werden Äste.
Das sind nun Sie: Eine starke Eiche, die nichts so leicht umwirft. Und die Versuchung um Sie herum, der ganze Tabakqualm verwandelt sich in einen beissenden Orkan, der versucht, die Eiche umzuwerfen. Zum Glück sind Eichen stark gebaut. Egal wie stark der Orkan bläst, die Eiche wird nicht nachgeben und auch am nächsten Tag noch glücklich stehen.

Damit diese Strategie wirkt, ist ein gewisses Mass an Vorstellungskraft und Übung notwendig. Wenn Ihnen dieser Vorschlag gefällt, finden Sie bestimmt noch mehr Bilder, die Ihnen helfen, die Herausforderung von einer anderen Seite zu betrachten. Wenn Ihnen dieser Vorschlag nicht gefällt, versuchen Sie es mit dem Nächsten.

Benutzen Sie andere Raucher
Wenn Sie es richtig anpacken, können Raucher in Ihrer Umgebung sogar nützlich sein. Damit das funktioniert, müssen Sie die armen Raucher nur genau beobachten: Schauen Sie ihnen zu, wie gierig sie an der Zigarette saugen und wie sie diesen ekelerregenden, krebsauslösenden Rauch in ihre Lunge hinunterziehen *müssen*. Seien Sie dankbar, dass Sie selbst das nicht mehr nötig haben.

Während ich noch rauchte, war ich es gewohnt, während der Arbeit ca. alle zwei Stunden mit einem Arbeitskollegen eins rauchen zu gehen. Als ich nun mit Rauchen

---

NICHTRAUCHERVERTRAG

Ich (Name) ____ erkläre hiermit, dass ich heute (Datum) ____ bei folgendem Anlass (Ereignis) ____

KEINE EINZIGE ZIGARETTE

rauchen werde. Auch wenn alle anderen rauchen, ich bleibe hart. Ich werde auch keinen Zug von jemand anderem erbetteln.

Datum und Unterschrift: _____

---

aufhörte, machte ich Folgendes. Als ich jeweils Entzugserscheinungen spürte, sagte ich zu ihm: „Komm, wir gehen eine rauchen."

Er rauchte dann seine Zigarette und ich sah ihm zu. Ich stellte mir vor, wie ich mit Röntgenblick dem Rauch folgte, den er inhalierte. Ich „sah" richtig, wie die Rauchpartikel seine Atemwege verschmierten und sich in seiner Lunge ablagerten. Ich freute mich dann, dass er immer noch Raucher war und ich nicht mehr. Es hört sich komisch an, aber als er jeweils fertig war mit seiner Zigarette, fühlte ich mich total entspannt.

Um es mit aller Deutlichkeit zu sagen: Sie haben *keinen* Grund, die armen Raucher zu beneiden.. Es ist gerade umgekehrt: DIE RAUCHER BENEIDEN SIE.

Das Wichtigste ist: Fühlen Sie sich anderen Rauchern gegenüber nicht unterlegen, nur weil Sie nicht mehr rauchen, denn Sie sind die Person, die erreicht hat, was alle anderen auch gerne vollbringen würden: SIE RAUCHEN NICHT MEHR!

Lassen Sie die Versuchung hinter sich

Wenn alles nichts hilft gibt's nur noch eins: Verlassen Sie den Ort des Grauens. Wenn Sie spüren, dass es gefährlich wird, machen Sie einen Rückzug. Das hat nichts mit Feigheit oder Weichheit zu tun. Sie müssen nicht gleich nach Hause zurück. Meistens genügt es, wenn Sie kurz ein paar Schritte vor die Türe machen, frische Luft schnappen, tief durchatmen oder – noch besser – eine Atem-Meditation durchführen.

Danach sagen Sie etwas positives wie „Uhhh, ein Glück dass ich mich da kurz davongeschlichen haben, sonst wäre ich noch in Versuchung geraten. Aber jetzt fühle ich mich wieder stark, ich bleibe Sieger." Dann nehmen Sie Ihren Nichtraucher-Vertrag hervor und schon sind Sie wieder stolz und dürfen mit sich selbst zufrieden sein.

Aufgabe: Eigene Taktik

Bestimmt sagte Ihnen die eine oder andere der obigen Strategien zu. Es handelt sich hierbei um *Vorschläge*. Wichtig ist aber, dass Sie mit Strategien arbeiten, welche für Sie *persönlich* passen. Bereiten Sie sich vor, indem Sie zwei oder drei eigene Strategien ausdenken, mit denen Sie sicherstellen, dass Sie bei Anlässen mit Rauchern nicht mitrauchen. Schreiben Sie diese nachfolgend auf.

So erreiche ich, dass ich in einer Rauchergesellschaft konsequent Nichtraucher bleibe:

- _____
- _____
- _____

Entmutigende Sprüche

Früher oder später werden Sie aus Ihrem Umfeld vielleicht Sprüche zu hören bekommen im Stil von

„Du glaubst doch nicht im Ernst, dass du es schaffst aufzuhören?"

oder

„Ich sehe nicht ein, welche Vorteile Nichtrauchen bringen soll"

oder jemand sagt zu Ihnen (und wirkt dabei überzeugend)

*„Ich rauche eben gern, ich bin ja nicht so ein süchtiger Raucher, ich geniesse das,
WIRKLICH"*

Lassen Sie sich hier nicht auf Diskussionen ein und seien Sie den Kollegen auch nicht böse deswegen. Da steckt keine böse Absicht dahinter, hier passiert psychologisch etwas sehr Interessantes:
In ihrem Innern wissen diese „Kritiker", dass Rauchen die dümmste, gesundheitsschädigendste Sache ist, die sie sich antun. Aber bis jetzt hatte man wenigstens den Trost, dass man nicht alleine so blöd war. Wenn immer jetzt aber ein Raucher zum Ex-Raucher wird, hat der arme Raucher dass Gefühl, das wieder ein Passagier das sinkende Schiff verlassen hat.
Unbewusst fühlt er sich einsam und hat Angst, dass er eines Tages der letzte Zurückbleibende auf diesem Schiff sein wird. Darum ist es nur normal, dass er mit aller Macht versuchen wird, Sie ebenfalls zurückzuhalten, also am Ausstieg zu hindern.
Und weil dieser Mechanismus ganz verborgen im Unterbewusstsein abläuft, dürfen Sie dem armen Raucher keine bösen Absichten unterstellen. Wichtig für Sie ist nur, dass Sie diesen psychologischen Vorgang verstehen.
Aus diesem Grund ist es auch nicht nötig, dass Sie sich nach solch einem Spruch bemitleiden oder den Raucher beneiden. Es ist genau umgekehrt: Unbewusst beneidet der Raucher nämlich Sie und er bemitleidet sich selbst.

Denken Sie stets daran:
Sie brauchen Ihren Entscheid nicht zu rechtfertigen, es ist der richtige Entscheid

Externe Unterstützung

Bis jetzt wurde in diesem Kapitel immer nur davon gesprochen, wie gefährlich andere Raucher für unseren Entschluss sein können.
Natürlich ist es falsch, zu denken, dass die Welt nur aus bösen Feinden besteht, die gemieden werden müssen. Ganz im Gegenteil. Manche Leute hatten während des ·Entzuges eine Vertrauensperson (mit Vorteil einen Nichtraucher oder bestenfalls sogar einen gestandenen Ex-Raucher), die sie beim Aufgeben ihrer Sucht massiv unterstützten. So eine Vertrauensperson hat mehrere Vorteile: Sie haben jemanden,

der Ihnen in der schwierigen Zeit beisteht, Ihnen hilft und Sie sogar manchmal für erreichte Zwischenetappen belohnt. Ideal ist, wenn dieser Helfer via Telefon jederzeit erreichbar ist und so akute Notfälle mit Ihnen zustammen durchsteht. Überlegen Sie sich, ob Sie jemanden kennen, der bereit wäre, Ihnen in dieser Art beizustehen:

Ich könnte mir folgenden Verbündeten in meinem Kampf gegen die Nikotinsucht vorstellen:

- _____

Kennen Sie eine Person, die Sie unterstützen würde? Dann sollten Sie diese von Ihrem Vorhaben unterrichten und anfragen, ob Sie Hilfe erwarten dürfen. Bedanken Sie sich mit einem feinen Essen (in einem Nichtraucher-Restaurant).

Fazit

Vergessen Sie nie die Tatsache, dass 80% aller Rückfälle in Gesellschaft passieren. Bereiten Sie sich also entsprechend vor. Behalten Sie diesen Gedanken stets im Kopf:

DER EINZIGE MENSCH, DER MICH ZUM RAUCHEN BRINGEN KANN,
BIN ICH SELBST

Vorschau

Sie haben sich nun neun Tage lang intensiv mit dem Thema „Nichtrauchen" beschäftigt. An diesem Punkt wird es Zeit für eine kleine Rückschau. Bestimmt haben Sie in den letzten neun Tagen viel über die Zusammenhänge der Nikotinabhängigkeit erfahren, aber auch über sich selbst.

Mit diesem Wissen ausgestattet, sind Sie jetzt bereit für den grossen Moment: Morgen entscheiden Sie sich, ob Sie diese Sucht für immer loswerden wollen.

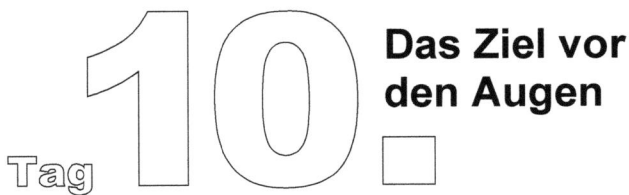

Das Ziel vor den Augen

In den letzten neun Tagen haben Sie verschiedene Fakten und Aspekte rund um das Thema „Rauchen" kennen gelernt. Heute beantworten Sie die Frage:

Will ich meine Raucherkarriere ein für alle Mal beenden?

Warum erst jetzt?

Eventuell denken Sie, dass so etwas Wichtiges an den Anfang dieses Buches gehört hätte. Dann hätten Sie sich gleich zu Anfang für oder gegen das Rauchen entscheiden können und sich somit den Aufwand der letzten Tage ersparen. Und tatsächlich haben Sie nicht unrecht: Dieses Kapitel könnte auch am Anfang stehen.

Aber wenn man Sie vor neun Tagen gefragt hätte, ob Sie Ihr Leben als Raucher oder doch lieber als freier Mensch führen wollen, hätte die Antwort möglicherweise anders gelautet als heute. Vielleicht hätten Sie sich damals noch nicht zugetraut, auf Zigaretten verzichten zu können.
Es war notwendig, dass Sie die Mechanismen des Rauchens durchschauen, bevor Sie Ihre Entscheidung treffen. Ich wollte Ihnen zuerst die Türe in die Freiheit zeigen und öffnen. Ob Sie durch diese Tür nun hindurchgehen wollen, entscheiden Sie heute.

Abenteuer Freiheit

Sie sind nicht als Raucher auf die Welt gekommen. Einen grossen Teil Ihres Lebens verbrachten Sie bereits als Nichtraucher und Sie haben nichts vermisst. Irgendwann begannen Sie dann zu Rauchen. Und heute werden Sie ganz bewusst eine – wichtige – Entscheidung treffen, nämlich wie der kommende Teil Ihrer Lebensgeschichte aussehen soll. Es handelt sich dabei um einen Roman, dessen Ende noch nicht geschrieben wurde. Sie alleine entscheiden, ob er mit einem Happy-End aufhört.

Finden Sie nun heraus, ob Sie das „Abenteuer Freiheit" anpacken wollen:

Überlegen Sie sich zu jeder der nachfolgenden Aussagen, ob dieser Sachverhalt *wirklich* auf Sie zutrifft, oder ob Sie sich das bisher nur eingebildet hatten:

Ist Rauchen für mich *wirklich* ein Vergnügen?
❑ ja   ❑ nein

Entspannt mich das Rauchen *wirklich*?
❑ ja   ❑ nein

Geniesse ich das Rauchen *wirklich*?
❑ ja   ❑ nein

Schmeckt mir das Rauchen *wirklich*?
❑ ja   ❑ nein

Geben mir Zigaretten *wirklich* Kraft?
❑ ja   ❑ nein

Geben mir Zigaretten *wirklich* Halt?
❑ ja   ❑ nein

Geben mir Zigaretten *wirklich* Sicherheit?
❑ ja   ❑ nein

Bitte beantworten Sie die nachfolgenden Fragen möglichst detailliert. Nehmen Sie ein separates Blatt Papier zu Hilfe, falls der Platz hier nicht ausreicht.

Was *genau* bringt mir das Rauchen?

- _____
- _____

Welche *Vorteile* habe ich, wenn ich Raucher bin

- _____
- _____

Welche *Nachteile* habe ich, wenn ich Raucher bin

- _____
- _____

Was *gewinne* ich, wenn ich mit dem Rauchen aufhöre?

- _____
- _____

Was *verliere* ich, wenn ich mit dem Rauchen aufhöre?

- _____

- _____

Habe ich für eventuelle Verluste einen *Ersatz* in Aussicht?

- _____

- _____

Als ich damals meine erste Zigarette rauchte: Wollte ich da BIS ANS ENDE MEI-NES LEBENS weiterrauchen?
❑ ja   ❑ nein

Und heute? Möchte ich BIS ANS ENDE MEINES LEBENS weiterrauchen?
❑ ja   ❑ nein

Kann ich mir ein Leben als Nichtraucher – mit *allen* damit verbundenen Änderungen und Konsequenzen – überhaupt vorstellen?
❑ ja   ❑ nein

Schauen Sie nun auf oben stehende „Bilanz". Überwiegt die positive oder die negative Seite des Rauchens?
❑ positiv ❑ negativ

Wägen Sie noch einmal in Ruhe sämtliche Vor- und Nachteile des Rauchens gegeneinander ab. Entschliessen Sie sich *jetzt*, wie Ihre weitere Lebensgeschichte aussehen soll. Kreuzen Sie das entsprechende Kästchen an:

❑   Rauchen bedeutet mir zu viel. Ich will darum weiterhin Raucher bleiben und dazu mit allen Konsequenzen stehen.

❑   Rauchen ist für mich nur noch eine Sucht, die mich seit langem quält. Mein zukünftiges Leben möchte ich in Freiheit verbringen.

Wenn Sie sich entschlossen haben, weiterhin Raucher zu bleiben, dann bedaure ich natürlich Ihren Entscheid. Trotzdem: Die letzten neun Tage waren keine Zeitverschwendung. Die Informationen, die Sie aufgenommen haben, werden etwas bewirken:
In Zukunft rauchen Sie bewusster, Sie wissen, was Sie Ihrem Körper mit dem Rauchen antun und warum. Wahrscheinlich brauchen Sie einfach noch Zeit, bis Sie sich

110

trauen, sich aus dem Würgegriff dieser Droge zu befreien. Auch wenn Ihnen der Berg im Moment (zu) hoch erscheint, er ist durchaus zu schaffen.

Wenn Sie sich entschlossen haben, in Zukunft keine Zigaretten mehr zu konsumieren, so ist das ein grossartiger Entschluss. Es freut mich natürlich, falls das vorliegende Buch zu diesem Entscheid einen Anteil beigetragen hat.

Letzte Vorbereitungen

Sie haben sich also entschieden, mit dem Rauchen aufzuhören.
Halten Sie zuerst einmal einen Moment inne, schliessen Sie die Augen, horchen Sie in sich hinein und achten Sie auf die Gefühle, die der Gedanke an den baldigen Rauchstopp in Ihnen auslöst:

WIE FÜHLEN SIE SICH?

Spüren Sie eine gewisse Vorfreude, dass jetzt dann bald etwas Wunderbares passiert?

Genau das ist die richtige Einstellung. Wie lange haben Sie sich schon gewünscht, nicht mehr auf diese Zigaretten angewiesen zu sein und Ihr Leben selbstbestimmt in Freiheit führen zu können? Sie stehen kurz davor, diesen Wunsch in die Tat umzusetzen.

Vielleicht spüren Sie aber auch eine leise Angst. Sie fürchten sich, von den Zigaretten, die immerhin während einem grossen Teil Ihres Lebens Begleiter waren, loszulassen.

Tatsächlich haben wir Menschen allesamt dasselbe Ur-Bedürfnis: Wir wollen alles, was wir im Verlaufe unseres Lebens erwerben, wann immer möglich behalten. Das gilt für Materielles genauso wie für Immaterielles. In vielen Bereichen mag das durchaus Sinn machen, nicht aber – und hier gilt dieses Ur-Bedürfnis leider auch – bei schlechten Angewohnheiten.

Wenn Sie also tatsächlich ein dumpfes Gefühl in der Magengegend spüren, dann lassen Sie mich Ihnen versichern: Sie werden sehr bald feststellen, dass Sie keine Zigaretten brauchen, um das Leben zu geniessen. Sie werden mit Erstaunen erfahren, dass die Zigaretten Sie im Gegenteil daran gehindert haben, Ihre eigensten Träume zu erfüllen.

Vergleichen Sie das mit einem Auto, das die ganze Zeit mit angezogener Handbremse unterwegs war. Bald werden Sie diese Handbremse gelöst haben. Freuen Sie sich darauf, dass Sie bald wieder freie Fahrt haben!
Werfen Sie also, wenn Sie im Moment noch leise Angstgefühle haben, diese definitiv über Bord und freuen Sie sich, dass in Zukunft viele wunderbare Dinge passieren werden. Befreien Sie sich endgültig von allen diesen schlechten Gefühlen wie Angst, Unsicherheit, Zweifel und Misstrauen.

Es ist ein Unterschied, ob man den Weg nur kennt oder ob man ihn auch beschreitet

Sie haben nun erkannt, warum Sie rauchen, und dass Sie in Zukunft darauf verzichten wollen. Sie wissen auch, welche Massnahmen Sie ergreifen, damit dieser Wunsch Wirklichkeit wird.

Alles was Sie nun noch tun müssen, ist den Schritt in die Freiheit auch zu tun. Wenn Sie diesen Schritt erst einmal getan haben, ergibt sich alles andere von alleine.

Ich erinnere mich noch gut an ein Erlebnis aus meiner Schulzeit. Es war im Sprachferienlager am Genfersee und wir Knaben hatten uns eine Mutprobe ausgedacht. Es handelte sich dabei um den Sprung vom 10-Meter-Turm im Schwimmbad. Irgendwann war auch ich an der Reihe. Ich stand nun also ganz vorne auf dem Sprungturm und es wurde mir halb schwindlig, als ich hinunterschaute. Ich hatte Bammel, aber hinten warteten die Kollegen und freuten sich, dass da vielleicht jemand versagt. Ich musste also springen.

Es war ein Drama, das sich in meinem Innern abspielte. Bis ich diesen entscheidenden Schritt nach vorne endlich tat. Und jetzt kommt das Entscheidende: Sobald ich diesen Schritt getan hatte, geschah alles andere ganz automatisch. Die Phase des Fluges fühlte sich zwar ein wenig ungewohnt und damit komisch an, trotzdem habe ich den Flug genossen.

Dieses Ereignis ist nun so lange her, aber ich erinnere mich immer wieder daran, wenn es darum geht, etwas in die Tat umzusetzen, vor dem ich „Schiss" habe.

Und genau so wird es Ihnen auch ergehen, wenn Sie sich entschliessen, den Schritt in die Freiheit zu wagen. Anfangs fühlt sich das ein wenig ungewohnt an. Aber mit der richtigen Einstellung werden Sie diese Zeit sogar geniessen!

Der richtige Zeitpunkt

Die Meinungen, welcher Zeitpunkt ideal ist, gehen auseinander. Die meisten Leute wollen in einer ruhigen Phase aufhören, etwa in den Ferien oder am Wochenende. So spielt es dann keine Rolle, wenn man ein wenig zerstreut ist und sich nicht richtig konzentrieren kann. Einige wählen aber bewusst das genaue Gegenteil: Aufhören, wenn es rundherum stressig ist. Der Trubel und die Hektik sollen dann von den Zigaretten ablenken.

Was für Sie geeigneter ist, müssen Sie für sich entscheiden. Falls Sie den zweiten Weg wählen: Schauen Sie trotzdem, dass Sie nicht gerade vor einer wichtigen Prüfung aufhören, Sie würden sich das Leben unnötig schwer machen.

Warten Sie nicht auf den „richtigen Augenblick"

Schieben Sie den Ausstieg nicht auf die lange Bank. Nikotin ist eine Droge, und die Abhängigkeit von Drogen verschwindet nicht einfach so. Es ist daher sinnlos, nur darauf zu warten, dass der Moment zum Aufhören irgendwann mal kommt. Oder wie lange wollen Sie noch warten?

- bis nächstes Jahr?
- bis der Arzt bei Ihnen Lungenkrebs diagnostiziert?
- bis Sie Fr. 50'000.-- verraucht haben?
- bis der „richtige" Zeitpunkt gekommen ist?

Je länger Sie warten, desto mehr belügen Sie sich selbst: Rauchen ist absolut das Letzte, was Sie nötig haben. Hören Sie möglichst bald damit auf.

Nehmen Sie eine Auszeit

Wenn Sie Bedenken haben, mit dem Nikotinentzug *und* dem Alltagsstress gleichzeitig fertig zu werden, dann nehmen Sie sich ein paar Tage „Auszeit". Vielleicht ein verlängertes Wochenende. Am besten sorgen Sie dafür, dass Sie gleich die Umgebung wechseln.

Wäre ein Aufenthalt in einem Wellness-Hotel etwas für Sie? Lange ausschlafen, in der Sauna entspannen, sich mit Massagen verwöhnen lassen, gesunde Vollwertkost geniessen und sich viel an der frischen Luft aufhalten. Oder haben Sie mehr Lust auf ein zünftiges Bergsteiger-Wochenende? Oder drei Tage mit dem Zelt auf dem Campingplatz? Oder...

Es gibt so viele Möglichkeiten. Aber auch hier gilt: Organisieren Sie Ihre Auszeit möglichst bald. Schieben Sie den Ausstieg nicht zu lange vor sich her.

Aber ich habe Angst

Klar, diese Empfindung kennen alle, die kurz vor dem Aufhören stehen. Wie Sie unterdessen wissen, wird diese Angst von der Droge selbst, vom Nikotin verursacht. Sie brauchen kein Heroin, aber ein Heroinabhängiger kriegt Panik, wenn er daran denkt, ohne sein Gift auskommen zu müssen.

Und genauso geht es Ihnen: Sie sind ein Nikotinabhängiger, und die Droge Nikotin verursacht diese Angst. Wer nie geraucht hat, kann dieses Gefühl nicht nachvollziehen. Und Sie selbst kannten das auch nicht, als Sie noch Nichtraucher waren. Freuen Sie sich, dass diese Furcht sehr schnell verschwindet, wenn Sie den Schritt in die Freiheit unternehmen. Sie wissen ja jetzt:

**Nicht mehr zu rauchen heisst nicht, auf etwas verzichten zu müssen,
sondern die Freiheit wieder zu erlangen.**

Und wenn ich scheitere?

Wer etwas riskiert, rechnet damit, zu scheitern. Wie überall im Leben können Sie gewinnen oder verlieren. Aber überlegen Sie: Wenn Sie es nicht probieren, dann haben Sie von vornherein verloren. Es ist bestimmt das bessere Gefühl, etwas zu probieren und Schiffbruch zu erleiden als etwas, was man sich sehnlichst wünscht, nur aus Angst vor dem Scheitern nie zu versuchen.

Schlussendlich ist es eine Sache der Einstellung: Wichtig ist, wie Sie über das Aufhören denken. Wenn Sie glauben, auf etwas verzichten zu müssen oder ein Opfer zu bringen, dann machen Sie sich die Sache unnötig schwer. Wenn Sie sich aber freuen, dass Sie sich endlich aus dieser gemeinen Abhängigkeit befreien und sich auf all die Geschenke konzentrieren, die Sie sich damit machen, dann werden Sie nicht scheitern. Dann unternehmen Sie auch keinen „Versuch", sondern Sie rauchen schlicht und einfach nicht mehr.

Mit Hilfe der nachfolgenden Checkliste eliminieren Sie die Gefahr des Scheiterns ein für alle Mal:

Checkliste

Nachfolgende Liste erinnert nochmals an die wichtigsten Punkte auf dem Weg in die Freiheit und stellt sicher, dass Sie optimal auf Ihren neuen Lebensabschnitt vorbereitet sind. Wenn Sie alle Punkte, die Sie *gewissenhaft* erledigt haben, abhaken konnten, dann ist sichergestellt, dass Sie das Ziel „Nichtraucher" auch erreichen:

❑ Ich habe erkannt, welche gesundheitlichen Folgen das Rauchen mit sich bringt und will meinem Körper diese Tortur nicht mehr länger antun.
(Kapitel 2 „gesundheitlicher Aspekt", ab Seite 19)

❑ Ich weiss, dass Zigaretten mich nicht wirklich Entspannen. Die eingebildete Entspannung ist nur das Ende der Entzugserscheinungen. Um mich richtig und ehrlich zu entspannen, habe ich mir verschiedene Übungen angeeignet.
(Kapitel 6, „Entspannung", ab Seite 69)

❑ Ich bin mir bewusst, dass plötzlich auftretende Schmachtanfälle gefährliche Momente sein können und habe deshalb mit entsprechenden Strategien vorgesorgt.
(Kapitel 8, „Vorsicht Rückfallgefahr", ab Seite 87)

❑ Ich weiss nun über die Wirkungsweise von Ankern Bescheid. In Zukunft missbrauche ich Zigaretten nicht mehr als Anker. Stattdessen habe ich mir neue Anker zurechtgelegt, die ich bei Bedarf benutzen werde.
(Kapitel 4, „Zigaretten als Anker", ab Seite 48)

❑ Ich kenne die Situationen und Gefühlsregungen, wo ich früher aus Gewohnheit zur Zigarette griff. Ich habe mir neue Strategien zugelegt, um diese Gewohnheiten zu vermeiden oder kreativ dagegenzuhalten.
(Kapitel 8, „Vorsicht Rückfallgefahr", ab Seite 94)

- Ich weiss, dass Alkohol schon vielen Ex-Rauchern zum Verhängnis geworden ist und werde darum speziell während der Zeit des körperlichen Entzuges darauf achten, möglichst wenig oder – noch besser – gar keinen Alkohol zu trinken.

- Ich habe in der Vergangenheit auch geraucht, um Bedürfnisse und Sehnsüchte zu stillen. In Zukunft befriedige ich diese auf bessere, weniger schädliche Weise.
(Kapitel 5, „Tabakwerbung und Ur-Bedürfnisse", ab Seite 58)

- Ich habe erkannt, wie die Zigaretten- und Werbeindustrie meine Bedürfnisse und Sehnsüchte gezielt ausgenutzt haben. Ich Zukunft werden diese Konzerne von mir kein Geld mehr erhalten.
(Kapitel 5 „Tabakwerbung und Ur-Bedürfnisse", ab Seite 59)

- Ich weiss, dass eine entsprechende Ernährung und massvolle Bewegung dafür sorgen, dass mein Körper und mein Gehirn schneller von den verschiedenen Zigarettengiften reingewaschen werden. Aus diesem Grunde achte ich vor allem am Anfang des Entzuges darauf, diese Regeln möglichst einzuhalten.
(Kapitel 7, „keine Angst vor Gewichtszunahme", ab Seite 76)

- Es ist mir klar, dass 80% aller Rückfälle in Gesellschaft von Rauchern passieren. Um solche Rückfälle zu vermeiden, habe ich passende Strategien, auf die ich zurückgreifen kann.
(Kapitel 9 „Die lieben Mitmenschen", ab Seite 99)

- Ich weiss, dass andere Raucher mich unter Umständen dazu bringen wollen, wieder zu Rauchen. Dies geschieht jedoch nicht aus böser Absicht, sondern einzig aus dem Grund, dass sie sich als übrig gebliebener Raucher so blöd vorkommen. Ich werde diese Versuche deshalb als solche durchschauen. Der einzige Mensch, der entscheidet, ob ich rauche oder nicht, bin ich selbst.
(Kapitel 9, „Die lieben Mitmenschen", ab Seite 106)

- Ich bin mir bewusst, dass der körperlich Entzug eine Reihe von unangenehmen Nebenwirkungen verursachen kann. Dies ist jedoch für mich kein Grund, wieder mit dem Rauchen anzufangen. Ich weiss, dass diese Nebenwirkungen von der Droge Nikotin verursacht werden und jeden Tag schwächer werden.
(Kapitel 3, „Entzugserscheinungen", ab Seite 37)

- Ich habe mir gut überlegt, ob ich zum Aufhören ein Nikotinersatzpräparat benutzen will. Falls dies der Fall ist, habe ich mich über das entsprechende Mittel informiert und es eventuell bereits besorgt.
(Kapitel 3, „Entzugserscheinungen", ab Seite 45)

❑ Ich habe mich entschieden, Nichtraucher zu werden. Diesen Entscheid werde ich niemals bereuen. Das Wissen, dass ich jetzt ohne Drogen auskomme, verursacht in mir ein Gefühl der Freude und des Stolzes.

Nichtraucher-Vertrag

Ein sehr gutes Mittel im Kampf gegen die Nikotinabhängigkeit besteht in einem Nichtrauchervertrag, den Sie mit sich selber abschliessen. Nachfolgend ein Beispiel, wie solch ein Vertrag formuliert sein könnte:

Selbstverständlich macht es keinen Sinn, dass Ihnen irgendjemand einen Text vorgibt. Denn nur Sie alleine sind dafür verantwortlich, was in *Ihrem* Vertrag steht und – vor allem – dass er auch eingehalten wird.

Haben Sie jemanden, der Sie bei Ihrem Vorhaben unterstützt, dann bitten Sie diese Person den Kontrakt ebenfalls mit zu unterzeichnen.

Nehmen Sie sich alle Zeit, die Sie benötigen, um einen genauen Vertragsinhalt zu gestalten. Machen Sie am besten zuerst einen Entwurf, lassen diesen eine Nacht lang liegen und schauen am nächsten Tag, ob folgende zwei Punkte erfüllt sind:

Nichtraucher-Vertrag

Hiermit bestätige ich _____, ab dem _____ folgendes Vorhaben in die Tat umzusetzen:

- **mich von den Zigaretten zu entwöhnen und FREI von der Droge Nikotin zu werden**
- **diesen Entscheid NIE in Frage zu stellen, was immer auch passiert**
- **NIE mehr zu vergessen, welchen Schmutz und Dreck die Nikotinsucht in mein Leben gebracht hat**

Wenn ich einen Monat nicht mehr geraucht habe, werde ich mich folgendermassen belohnen: _____

Ort, Datum, Unterschrift: _____

- der Vertrag enthält alle wesentlichen Bestandteile
- Sie erklären sich mit diesen Bestandteilen einverstanden und sind auch Willens, diese einzuhalten

Wenn Sie hundertprozentig hinter Ihrem Vertragsentwurf stehen können, übertragen Sie den definitiven Text nun auf ein möglichst schönes Papier und unterschreiben den Vertrag.

Dieser Vertrag wird Ihr ganzes Leben positiv verändern. Machen Sie also, wenn Sie bereit sind, diesen zu unterschreiben, eine möglichst grossartige Angelegenheit daraus, schliesslich unterschreiben Sie nicht jeden Tag ein so wichtiges Papier.

Führen Sie eine prunkvolle Zeremonie durch: Unterschreiben Sie den Vertrag anhand eines guten Essens, das Sie sich zur Feier des Tages gönnen, oder Sie steigen irgendwo auf einen Berg oder Hügel von wo aus Sie einen guten Überblick haben. Lassen Sie der Fantasie freien Lauf.

Hängen Sie nachher den Vertrag gut sichtbar an eine Stelle, an der Sie jeden Tag vorbeikommen. Sie erinnern sich so täglich neu an das Versprechen, das Sie sich gegeben haben.

Rauchfreie Umgebung

Am Tag vor dem Rauchstopp verbannen Sie sämtliche Raucherutensilien aus Ihrem Umkreis. Zigaretten, Streichhölzer, Feuerzeuge und Aschenbecher werden entweder vernichtet oder an noch rauchende Freunde verschenkt. Sie brauchen das alles jetzt nicht mehr. Handtasche, Jackett, Wohnung, Auto und Arbeitsplatz sind ab sofort „rauchfrei".

Versuchen Sie nicht, ein Päckchen Zigaretten aus „Sicherheitsgründen" vorrätig zu halten. Sie beweisen damit nur, dass Sie von Ihrem Vorhaben nicht 100% überzeugt sind. Sie werden nicht bloss *versuchen*, ohne Zigaretten zu sein, sondern Sie *sind* ab jetzt Nichtraucher!

Der erste Tag

Nehmen Sie sich nun ein paar Minuten Zeit, um sich auf den ersten Tag als Nichtraucher optimal vorzubereiten:

Spielen Sie diesen ersten Tag – den „Tag X" – in Gedanken exakt durch. Imaginieren Sie alles bis ins letzte Detail. Das fängt am Morgen an: Wie fühlen Sie sich nach dem Aufstehen? Was ziehen Sie an? Überlegen Sie vor allem, wo an diesem ersten Tag kritische Situationen lauern und planen Sie schon jetzt Massnahmen, um diese Versuchungen zu meistern oder zu umgehen. Wie ergeht es Ihnen am Arbeitsplatz? Wie reagieren Ihre Mitmenschen auf Sie? Was essen Sie zu Mittag? Werden Sie nach dem Mittagessen Entzugserscheinungen spüren? Wie reagieren Sie darauf? Gönnen Sie sich am Abend eine Belohnung?
Und zum Schluss stellen Sie sich vor, wie Sie am „Tag X" abends ins Bett steigen und einen ganzen Tag nicht geraucht haben. Sie werden ein Glücksgefühl verspüren, wie Sie es seit langem nicht mehr hatten! Und das Schöne ist: Dieses Glücksgefühl werden Sie von nun an jeden Abend erleben, ja, es wird sogar von Tag zu Tag immer stärker, denn Sie wissen:

Sie haben diese schreckliche Drogensucht endlich überwunden und beginnen ein neues Leben in FREIHEIT

Nichtraucher bleiben

Dieses Kapitel unterstützt Sie in der ersten Zeit als erfolgreicher Nichtraucher. Es ist in drei Teile gegliedert

- der erste Tag ohne Zigaretten
- die erste Woche ohne Zigaretten
- der erste Monat ohne Zigaretten

Bitte lesen Sie den jeweiligen Teil erst, wenn Sie den entsprechenden Zeitabschnitt erreicht haben. Lesen Sie den nachfolgenden Abschnitt also erst am Abend Ihres ersten wirklichen Nichtrauchertrages.

Der erste Tag ohne Zigaretten
Zuerst einmal herzliche Gratulation, dass Sie tatsächlich den Absprung gewagt und heute den ganzen Tag nicht geraucht haben.

Sie wissen, was in den nächsten Tagen auf Sie zukommt. Wenn Sie Entzugserscheinungen spüren: Denken Sie daran, dass diese nur während den ersten fünf bis sieben Tagen erwähnenswert sind. Das ist das Nikotin, das jetzt aus Ihrem Körper herausgewaschen wird. Unterstützen Sie diesen Vorgang, indem Sie:

- viel trinken und sich gesund ernähren
- sich an der frischen Luft bewegen
- viel schlafen (bleiben Sie am Wochenende länger im Bett)
- wenn immer nötig, sich *bewusst* entspannen

Trotz allem. Die nächsten Tage werden eventuell etwas „holprig". Denken Sie immer an Folgendes:

Nur der Moment zählt
Es ist wichtig, dass Sie jeden Tag für sich nehmen. Jeder Tag, den Sie als Nichtraucher verbracht haben sind Sie ein Sieger. Nur *heute*, oder noch genauer NUR GERADE IN DIESEM MOMENT bestimmen Sie, ob Sie Nichtraucher sind oder nicht. Morgen kommt erst, es hat keinen Sinn, sich über diesen Tag schon jetzt den Kopf zu zerbrechen.

Akzeptieren Sie Ihre Stimmungslage

Sie haben Ihrem Körper jahrelang eine kräftige Droge aufgezwungen. Nun, da diese Droge ausbleibt, wird er vor allem in den nächsten Tagen ein wenig rebellieren. Das wirkt sich auch auf Ihre Psyche aus. Sie werden sowohl Stimmungshochs als auch Stimmungstiefs erleben.

Das alles haben Sie nur der Droge Nikotin zu verdanken! Verzweifeln Sie nicht, nehmen Sie das so, wie es kommt. Denken Sie stets daran: Diese Symptome sind Anzeichen, dass Ihr Körper die Reparatur und Regeneration aufgenommen hat. Diese Stimmungsschwankungen werden sich nach den ersten 5 - 7 Tagen weitestgehend abgebaut haben.

Lassen Sie keine Langeweile aufkommen

Beschäftigen Sie sich mit etwas, was Spass macht. Verzichten Sie aufs Fernsehen. Vor allem beim Zappen trifft man immer wieder auf qualmende Menschen. Lesen Sie stattdessen lieber ein Buch oder noch besser: Unternehmen Sie etwas mit einem Nichtraucher, den Sie lange nicht mehr gesehen haben.

Gehen Sie den Zigaretten aus dem Weg

Machen Sie wenn möglich vor allem diese Woche einen Bogen um Zigaretten. Wenn Sie glauben dass es notwendig ist, dann verzichten Sie vorsichtshalber auch auf regelmässige stattfindende Treffen, falls dort die Raucher in der Mehrheit sind.

Versuchen Sie nicht, die Gedanken an die Zigaretten zu verdrängen

Das gelingt Ihnen sowieso nicht. Sie haben einen grossen Teil Ihres Lebens immer Zigaretten dabei gehabt. Sie können nicht erwarten, dass das Gehirn dies nun einfach „vergisst". Wichtig ist vielmehr, dass Sie sich positive Gedanken machen wie: „Ich bin endlich FREI von dieser Droge Nikotin, und darüber freue ich mich von ganzem Herzen."

Teilen Sie sich mit

Wenn man sich nicht besonders wohl fühlt, tut es gut, wenn man mit jemandem darüber reden kann Wenn Sie das nicht wollen, vertrauen Sie Ihre Sorgen einem Tagebuch an, das hilft genauso.

Vorsicht bei Problemen

Auch Nichtraucher erleben gute und schlechte Tage. Schreiben Sie einen unangenehmen Zwischenfall nicht dem Umstand zu, dass Sie jetzt nicht mehr rauchen. Er wäre so oder so aufgetaucht. Eine besonders schlechte Nachricht ist noch lange kein Grund, „nur die eine Zigarette" zu rauchen.

Eine Zigarette löst Ihre Schwierigkeiten auch nicht. Im Gegenteil: Wenn Sie jetzt rauchen, haben Sie noch zusätzlich ein Problem mehr am Hals. Denken Sie ein paar Tage in die Zukunft: Wahrscheinlich sind die unangenehmen Umstände, die Sie jetzt gerade beschäftigen, bis dann schon überstanden. Aber wenn Sie eine Zigarette anzünden, würde das mit hoher Wahrscheinlichkeit einen Rückfall bedeuten. Darunter würden Sie noch leiden, wenn alle anderen Problem längst schon wieder vergessen sind. Merken Sie sich für auftauchende Probleme darum folgenden Grundsatz:

ES GIBT NICHTS IM LEBEN, DAS DURCH DAS RAUCHEN BESSER WÜRDE!

Zweifeln Sie nicht an Ihrem Entscheid

Sie haben auf jeden Fall das Richtige getan, und falls Sie im Moment nervös sind oder übel gelaunt, dann denken Sie daran: Das haben Sie der Droge Nikotin zu verdanken, die aber bald keine Rolle mehr in Ihrem Leben spielen wird.

Wenn Sie sich unsicher fühlen hilft es, einzelne Kapitel nochmals durchzulesen respektive durchzuarbeiten. Haben Sie irgendwo noch zu wenig Arbeit investiert? Jetzt ist der Moment, Fehlendes zu vollenden.

Lesen Sie den nächsten Abschnitt erst, wenn Sie eine Woche rauchfrei waren.

Nach der ersten Woche

Sie haben nun eine Woche nicht geraucht. Dafür gibt's von mir ein dickes **Bravo!** Eventuell fühlen Sie sich im Moment noch ein wenig gerädert, stehen neben sich. Vielleicht haben Sie aber auch bemerkt, dass das Schlimmste bereits überstanden ist. Die Nervosität und die Angespanntheit lassen bereits nach. Ihr Körper hat sich nach nur einer Woche merklich erholt und Sie werden in Kürze vor Energie und Selbstbewusstsein nur so sprühen. Die Nerven haben bereits mit der Regeneration begonnen, bestimmt riechen und schmecken Sie auch schon besser.

Wichtig ist nun, dass Sie auch weiterhin wachsam bleiben. Sie haben die körperliche Abhängigkeit noch nicht überstanden. Wahrscheinlich werden Sie weiterhin ab und zu Schmachtanfälle verspüren, auch wenn diese in ihrer Intensität nachlassen.

Halten Sie sich stets vor Augen, dass es nach wie vor verschiedene Situationen gibt, in denen Sie wieder zu einer Zigarette greifen könnten:

In Gesellschaft von anderen Rauchern

Zur Erinnerung: 80% aller Rückfälle passieren in Gesellschaft. Seien Sie also vorsichtig, vor allem auch im Zusammenhang mit Alkoholkonsum.

Bei Nervosität, Gereiztheit, Angstgefühlen

Denken Sie daran, dass all diese Gefühle nur von der Droge verursacht werden. Der „Nikotinteufel" spürt, dass Sie ihn aushungern wollen und wehrt sich auf seine Weise. Bald wird er jedoch die Macht über Sie ganz verloren haben. Die Zeit arbeitet für Sie. Bedenken Sie, dass auch Nichtraucher manchmal ein Stimmungstief haben.

Aber es geht alles so langsam

Als Sie damals angefangen haben zu Rauchen war der Körper ja auch nicht plötzlich vergiftet. Es dauerte eine ganze Weile, bis sich das Gift eingelagert hatte. Und genauso braucht es jetzt seine Zeit, bis das Gift Ihren Körper wieder verlassen hat. Natürlich können Sie nicht an der Uhr schrauben, aber: Die Zeit arbeitet für Sie. Am Anfang lehnt sich das Nikotinmonster noch auf, aber mit jedem Tag, den Sie nicht rauchen, verliert es an Kraft. Und irgendwann ist das Monster dann tot. Und es geht schneller, als man meint. Verbringen Sie nur jeden einzelnen Tag ohne Zigaretten, und Sie kommen automatisch ans Ziel.

Lesen Sie den nächsten Abschnitt erst, nachdem Sie einen Monat nicht mehr geraucht haben.

Nach dem ersten Monat

Sie haben einen ganzen Monat ohne Zigaretten verbracht. Das ist eine fantastische Leistung.

Das Verlangen nach Zigaretten nimmt jeden Tag ab und Sie haben sich mittlerweile daran gewöhnt, an Orten und in Situationen, wo Sie früher rauchten, sich nun ohne Zigaretten wohl zu fühlen. Die Nervosität, die Sie am Anfang verspürten, ist verschwunden oder hat sich weitgehend abgeschwächt. Am Körper nehmen Sie eine ganze Reihe von positiven Veränderungen wahr: Sie haben schönere Haut, weissere Zähne und einiges mehr. Aber noch viel wichtiger als diese äusseren Veränderungen sind die inneren Reparaturen, die in Ihrem Körper begonnen haben.

Bestimmt erlebten Sie unterdessen schon Momente, wo Sie einfach nur stolz auf sich waren und wo Sie innerlich jubelten und die ganze Welt hätten umarmen können. So etwas erleben die meisten Ex-Raucher, nachdem das Gröbste überstanden ist. Es kann zwar noch eine Weile dauern, bis der letzte Rest von Nikotinsucht aus dem Körper verschwunden ist, trotzdem werden Sie sich jetzt jeden Tag mehr vertrauen. Und Vertrauen in sich selbst zu haben ist eines der schönsten Gefühle überhaupt. Oder wie Goethe das ausgedrückt hat: **Sobald du dir vertraust, sobald weisst du zu leben.**

Sie fühlen sich also rundherum gut und haben eine ganze Reihe angenehmer Erfahrungen gemacht. Und nun ist der Moment gekommen, an dem ich Sie warnen muss: **Diese Erfolge können auch gefährlich sein. Seien Sie weiterhin wachsam!**

Die „Arbeitsgemeinschaft Tabakprävention Schweiz" hat Folgendes herausgefunden: Fast die Hälfte aller Menschen, die einen Monat ohne Zigaretten geschafft haben, sind nach einem Jahr wieder Raucher. Anders formuliert: Sie haben bis jetzt die Hälfte geschafft. Das ist ein toller Erfolg! Und trotzdem: Wenn Sie ein ganzes Jahr nicht rauchen, ist das Risiko eines Rückfalles statistisch gesehen gegen Null. Aber im Moment beträgt es noch ganze 50%.

Woran liegt es, dass so viele Menschen – obwohl die körperliche Abhängigkeit überwunden ist – wieder rückfällig werden?

Der Mensch vergisst so schnell

Falls Sie Militärdienst geleistet haben, kennen Sie das Phänomen: Wenn immer Sie an diese Zeit zurückdenken, kommen Ihnen die gute Kameradschaft und die schönen Erlebnisse in den Sinn. An die herumschreienden Vorgesetzten mit ihren sinnlosen Befehlen denken Sie hingegen eher nicht mehr.

Fast jeder ist froh, wenn der Militärdienst endlich vorbei ist, aber in der Erinnerung war es dann doch eine wunderschöne Zeit.

Warum ist das so? Stellen Sie sich das vor wie einen eingebauten Filter im Gehirn. Es speichert gute Gefühle und Erlebnisse, während schlechte Erfahrungen abgeschwächt und teilweise sogar ganz verdrängt werden. Diese Gabe des Gehirns ist an und für sich ein Segen der Natur. Schmerzhafte Erfahrungen verlieren so im Laufe der Zeit an Intensität.

Der Mensch verdrängt / vergisst schlechte Erfahrungen sehr rasch

Erinnern Sie sich zurück, wie Sie sich fühlten, als Sie aufhören wollten zu Rauchen: Hatten Sie nicht einen Riesen-Frust, weil Sie sich diese stinkenden, gesundheitsschädigenden Drogenstängel in den Mund schieben *mussten*, obwohl Sie das eigentlich gar nicht *wollten*? Erinnern Sie sich noch, wie sehr Sie sich wünschten, endlich von diesen Drogen wegzukommen?

Jetzt rauchen Sie schon einen ganzen Monat nicht mehr, und die Gründe, warum Sie seinerzeit aufhörten zu rauchen, haben sich abgeschwächt.

Vielleicht haben Sie aus gesundheitlichen Gründen aufgehört. Jetzt hat sich Ihr Körper ein Stück weit regeneriert und Sie neigen dazu, den Grund des Aufhörens deshalb bereits wieder zu vergessen?

Oder Sie haben aufgehört, weil Sie sich nicht mehr von einer Droge beherrschen lassen wollten. Nun sind Sie seit einem Monat frei und Ihre ursprüngliche Motivation löst sich langsam in Luft auf.

Aber: **Die Argumente, warum Sie vor einem Monat aufgehört haben zu rauchen sind immer noch aktuell und wichtig**. Sie müssen allerdings dafür sorgen, dass das Gedächtnis diese Gründe nicht einfach ausklammert.

Um das sicherzustellen, können Sie einen Nichtraucherkalender basteln. Das funktioniert folgendermassen:

1. Organisieren Sie ein grosses Blatt Papier oder einen Karton
2. Schreiben Sie als Titel: Nichtraucherkalender
3. Unter dem Titel notieren Sie nun Ihre 3 - 5 wichtigsten Gründe, warum Sie mit dem Rauchen aufhören wollten

4. Unterteilen Sie den verbleibenden Platz nun in zwölf einzelne Teile (entsprechend den zwölf Monaten, die Sie aufpassen müssen)
5. Optional: Schreiben Sie auf jeden Monatsabschnitt eine Belohnung, die Sie sich gönnen, wenn Sie bis dahin nicht wieder geraucht haben

Tja, das war's schon. Sie besitzen Ihren eigenen Nichtraucherkalender. Und das Schöne daran: Den ersten – und mit Abstand auch härtesten Monat – haben Sie bereits hinter sich, Sie können diesen nun abhaken. Noch besser ist, wenn Sie statt einem Häkchen eine kleine Zeichnung machen, irgendetwas, dass für Sie den Begriff „Freiheit" repräsentiert, eine aufgehende Sonne am Horizont zum Beispiel.

| Nichtraucher-Kalender |
| Warum ich endlich wieder frei atmen will: |

Jan.	Feb.	März	Apr.
Mai	Juni	Juli	Aug.
Sept.	Okt.	Nov.	Dez

Diesen Kalender hängen Sie nun so auf, dass Sie ihn jeden Tag anschauen. Nach jedem Monat, den Sie rauchfrei geblieben sind, malen Sie das entsprechende Feld aus. Das erscheint Ihnen kindisch? Aber nicht doch, mit diesem Kalender haben Sie einen wunderbar starken Anker „gegen das Vergessen" an die Wand gehängt.

Psychologische Abhängigkeit

Ein weiterer Grund, warum fast 50% aller Rückfälle zwischen dem 2. und dem 12. Monat passieren ist, dass viele Ex-Raucher nicht Bescheid wissen über die psychologische Abhängigkeit.

Sie aber kennen diese Problematik und haben dafür sorgt, dass Ihre ungestillten Sehnsüchte und Bedürfnisse auf eine andere Art befriedigt werden. Falls Sie nun trotzdem in der Zukunft immer wieder Lust auf eine Zigarette verspüren, handelt es sich definitiv nicht mehr um Nikotinsucht. Vielleicht haben Sie seinerzeit (im Kapitel 5, „Tabakwerbung und Ur-Bedürfnisse", ab Seite 58) ein Bedürfnis übersehen oder einen Ersatz gefunden, der sich jetzt als zu wenig stark erweist. Sie können dem nun sehr leicht selber auf die Spur kommen: Wenn Sie in Zukunft die Lust auf eine Zigarette „überfällt", dann gehen Sie in sich und überprüfen, was Ihnen jetzt im Moment *wirklich* fehlt.

Wie geht's jetzt weiter?

Nochmals: Sie haben bereits einen ganzen Monat auf Zigaretten verzichtet. Das ist eine RIESIGE Leistung. Sie haben sich nun auch einen Nichtraucherkalender gebastelt und werden die Gründe, warum Sie sich aus der Zigarettensucht befreien wollten, nicht vergessen. Möglicherweise haben Sie in den kommenden Tagen ab und zu noch das Verlangen, eine Zigarette anzünden zu wollen. Doch dieses Verlangen wird nun immer seltener und auch immer schwächer.

Sollten Sie trotzdem einmal Schwierigkeiten haben, denken Sie daran, dass Sie auf www.nichtraucher-info.ch jederzeit Unterstützung bekommen. Dort finden Sie auch weiterführende Internet-links zum Thema. (Da diese relativ schnell ändern, habe ich in diesem Buch weitestgehend darauf verzichtet.)

Bleiben Sie weiterhin selbstbewusst und optimistisch. Konzentrieren Sie sich auch künftig immer nur auf jeden einzelnen Tag. Schauen Sie nicht nach vorn, wie weit der Weg noch ist, sondern allenfalls zurück, wie weit Sie bereits gekommen sind. Sie wissen ja: Das Glas ist nicht halb leer, es ist halb voll.

Und wenn ich ans Rauchen denke?

Das ist völlig normal, Sie haben viele Jahre Ihres Lebens mit den Zigaretten verbracht. Da ist es mehr als verständlich, dass Sie die Gedanken daran nicht einfach so wieder loswerden. Bedenken Sie folgende Tatsache:

Das Gehirn hat den Geschmack der Zigarette vielleicht noch als „Genuss" gespeichert. Ihr Körper ist unterdessen aber vom Nikotin und Teer entgiftet. Wenn Sie jetzt eine Zigarette rauchen, dann passiert dasselbe wie damals, als Sie die erste Zigarette Ihres Lebens rauchten: Sie würden einen Hustenanfall bekommen, weil der Körper versucht, das Gift so schnell wie möglich wieder loszuwerden. Tun Sie das Ihrem Körper nicht an! Tun Sie ihm das NIE MEHR an!

Bleiben Sie auf Ihrem Weg, fangen Sie nicht an zu zweifeln, ob die Entscheidung richtig war und ob Sie es schaffen. Ihr Vorhaben *ist* richtig und Sie haben 50% des Weges bereits geschafft. Sie bewältigen die andere Hälfte auch! Bleiben Sie auch weiterhin wachsam und vergessen Sie nicht:

Sie haben die Zigaretten noch nicht besiegt
Sie könnten jederzeit wieder rückfällig werden

Aber:

Nichts zwingt Sie mehr zu rauchen, darauf zu verzichten kostet Sie nur noch ein Lächeln!

Mit **HYPNOSE** können
es auch Sie **SCHAFFEN!**

◇ Haben Sie schon viel versucht und es trotzdem noch nicht geschafft?

◇ Brauchen Sie noch etwas mehr Unterstützung?

HYPNOSE KANN AUCH IHNEN HELFEN!

Rufen Sie uns an. Wir, drei qualifizierte, seriöse Hypnosetherapeutinnen mit grosser Erfahrung in der Raucherentwöhnung, freuen uns auf Ihren Anruf oder Email.

Hypnowell　　　　　　　　　　　　　**Zürich / Luzern**
Praxis für Hypnosetherapie
und Stressregulation
Telefon: +41 (0) 41 493 05 01
www.hypnowell.ch

Institut für ganzheitliche Methodik　　**Basel**
Ausbildung / Supervision / Therapie
Telefon: +41 (0) 62 873 50 01
www.hypnose-therapie.com

RigiPraxis　　　　　　　　　　　　　**Zug / Schwyz**
Massage / Hypnose
+41 (0) 41 855 64 45 / 079 421 04 72
www.rigipraxis.ch

Wissenswertes

Während der Recherchen zu diesem Buch bin ich auf äusserst interessante und teilweise erschreckende Fakten und Zahlen gestossen. Eine kleine Auswahl möchte ich Ihnen nicht vorenthalten:

In der Schweiz ...

- ... rauchen 30,5% der Bevölkerung über 15 Jahren. Genauer 36% aller Männer und 25% aller Frauen.[18]
- ... stehen wir mit einem Pro-Kopf-Verbrauch von jährlich 2500 Zigaretten in Europa mit an der Spitze, direkt hinter Polen, Griechenland und Ungarn. In sämtlichen Nachbarländern wird weniger geraucht.[19]
- ... wollen 60% aller Raucherinnen und Raucher aufhören, 24% haben es schon versucht, sind aber wieder rückfällig geworden.[20]
- ... gibt es aber auch Hoffnung: Immerhin stehen 2 Millionen (noch)Rauchern 1,4 Millionen Ex-Raucher gegenüber, die dauerhaft vom Rauchen weggekommen sind.[21] Viele Menschen haben es also bereits geschafft, der Zigarettensucht zu entkommen, und Sie schaffen das auch.
- ... ist in den letzten 10 Jahren die Rate der rauchenden Jugendlichen dramatisch angestiegen: bei den Jungen seit 1992 von 29% auf 41%, bei den Mädchen von 18% auf 39%, also mehr als doppelt so viele wie vor zehn Jahren. Heute rauchen rund 25% der 15-jährigen Jugendlichen bereits regelmässig.[22]
- ... starben im Jahre 2000 etwa 9'000 Personen am Rauchen.[23] Das heisst, jede Stunde stirbt ein Mensch an den Folgen seiner Sucht.
- ... verursacht Zigarettenrauchen mehr vorzeitige Todesfälle als Aids, Kokain, Heroin, Alkohol, Autounfälle, Morde und Selbstmorde zusammengenommen.[24]
- ... wurde untersucht, welches die häufigsten Raucher-Todesursachen sind: Herz-Kreislauferkrankungen (47%), Lungenkrebs (22%), andere rauchbedingte Krebsarten (12%) irreparable Erkrankungen der Atemwege (17%).[25]

---

[18] sfa-ispa, 2004

[19] Bundesamt für Gesundheit, Nationales Programm 2001-2005 zur Tabakprävention

[20] CSS-Magazin 3/1997

[21] Schweizerische Gesundheitsbefragung, BfS, 1998

[22] Schweizerische Fachstelle für Alkohol- und Drogenprobleme

[23] Bundesamt für Gesundheit, BAG

[24] BFS, BAG, Bundesamt für Polizei: Zahlen für das Jahr 1998

- ... verursachte der Tabakkonsum 1998 16'100 gemeldete Invaliditätsfälle.[26]
- ... sind rund 30-50% aller Krankheiten in der Inneren Medizin direkt auf das Rauchen zurückzuführen.[27]
- ... betragen die gesamten volkswirtschaftlichen Kosten, die das Rauchen nach sich zieht, über 10 Milliarden Franken pro Jahr.[28] Wie viel Leid ein Raucher erleidet, der an einer der gefürchteten Raucherkrankheiten leidet, können solche Zahlen nicht wiederspiegeln.
- ... wurden im Jahr 2007 11,8 Milliarden Zigaretten geraucht und dafür über 3 Milliarden Franken ausgegeben.[29]
- ... lässt sich ein "Päckchen-pro-Tag-Raucher" seine 7300 Zigaretten pro Jahr die Kleinigkeit von Fr. 2'200.-- kosten. Ein schöner Urlaub, der sich da einfach so in Rauch auflöst.
- ... kassiert mehr als die Hälfte des Verkaufspreises eines Zigaretten-Päckchens – nämlich rund 60% – der Staat. Er verdient am Elend der Raucher also kräftig mit. Kein Wunder, haben unsere Politiker kein grosses Interesse daran, dass weniger geraucht wird.
- ... dient die Tabaksteuer vollumfänglich der Finanzierung der Alters- und Hinterlassenenversicherung AHV und der IV. Das ist besonders gemein, weil die armen Raucher aufgrund einer deutlich verringerten Lebenserwartung voraussichtlich weit weniger AHV beziehen als ihre nichtrauchenden Kollegen.
- ... flossen 2007 aus der Tabaksteuer alleine 2,186 Milliarden Franken in die Bundeskasse.[30] Dazu kommt noch die Mehrwertsteuer. Der Staat nahm alles zusammengerechnet fast 2,5 Milliarden Franken von den Rauchern ein. Im gleichen Zeitraum gab er für Präventionskampagnen gerade mal 18 Millionen Franken aus, das ist nicht einmal 1 % der Einnahmen.[31]
- ... wird bei der Tabak-Subvention hingegen nicht gekleckert: Für gut 300 Schweizer-Bauern, welche Tabak anbauen, wurden über 20 Millionen Franken Subventionen bezahlt.[32]
- ... geben die Zigarettenkonzerne jährlich 120 Millionen Franken für Tabakwerbung aus.[33]
- ... existieren über 30'000 Zigarettenverkaufsstellen (davon 18'000 Automaten). Zigaretten sind somit rund um die Uhr ohne Einschränkung (Alter) verfügbar und damit leichter erhältlich als bestimmte Grundnahrungsmittel wie etwa Brot.[34]

---

[25] Bulletin Bundesamt für Gesundheit, 8/1992

[26] Kostenanalyse des Tabakkonsums in der Schweiz, HealthEcon, Basel, 1998

[27] Rauchstoppzentrum

[28] Die sozialen Kosten des Tabakkonsums in der Schweiz. Universität Neuenburg 1998

[29] CISC, Freiburg, 2001

[30] Eidgenössische Oberzolldirektion

[31] sfa-ispa, 2007

[32] FACTS 45/2003

[33] Schweizerische Fachstelle für Alkohol- und Drogenprobleme

- ... wird der Zigarettenmarkt von drei Konzernen dominiert: Philip Morris, JTI und BAT. Diese drei Tabak-Giganten teilen mit einem Marktanteil von über 99% praktisch den gesamten Schweizer Markt unter sich auf.[35]
- ... haben alle drei der obigen Firmen ihre grössten Zentralen ausserhalb der USA angesiedelt. Grund dafür ist die extrem liberale Tabakgesetzgebung in der Schweiz, das grosse Verständnis der Politiker für die Sorgen einer Industrie, die anderswo längst Gegenwind bekommen hat.[36]

In Deutschland ...

- ... rauchen 28,8% der Bevölkerung, das sind 20 Millionen Raucher.
- ... gibt es jährlich über 100'000 Amputationen wegen rauchbedingten Gefässverschlüssen.
- ... sterben jährlich etwa 140'000 Menschen an den Folgen des Rauchens.[37] Durch Alkohol starben 42'000, durch alle anderen Drogen 1'000 Menschen.[38]
- ... werden jährlich 220 Milliarden Zigaretten produziert. Deutschland ist damit weltweit der viertgrösste Zigarettenproduzent.
- ... wurden 2001 für Tabakwaren 21,6 Milliarden € ausgegeben. Davon hat der Staat 12,1 Mrd. € für sich behalten. Die Tabaksteuer ist damit die viertwichtigste Einnahmequelle für den Bundeshaushalt. Alkoholsteuer bringt nicht einmal die Hälfte ein.[39]
- ... wird der Tabakanbau mit über 1 Milliarde € subventioniert. Das sind rund 10 mal mehr Subventionen, als für sämtliche Getreidearten geflossen sind. Die Tabakstaude ist somit eine der am höchsten subventionierten Kulturpflanzen.[40]
- ... wurde 1948 der grösste deutsche Zigarettenproduzent Reemtsma zu 10 Mio. DM Busse verdonnert, weil er die NSDAP grosszügig und illegal gefördert hatte. Hermann Göring hatte bei der Gelegenheit persönlich 7 Mio. DM erhalten.[41]
- ... wurde 1985 bei einem Steuerhinterziehungsprozess gegen Reemtsma-Manager publik, dass bis 1980 ca. 6 Mio. DM über die Stiftungen von CDU, FDP und SPD in deren Parteikassen geflossen waren.[42]
- ... geben die Tabak-Giganten für Werbung und Sponsoring jährlich 350 Mio. € aus, um ihre Produkte in einem guten Licht erscheinen zu lassen.[43]

---

[34] BAG, Nationales Programm 2001-2005 zur Tabakprävention

[35] sfa-ispa, 2007

[36] FACTS 45/2003, Die Tabak-Festung

[37] Welt Nichtrauchertag 2003, Aktionsbündnis Nichtrauchen

[38] Buko Agrar Dossier 24

[39] Statistisches Bundesamt, 2002

[40] Buko Agrar Dossier 24

[41] R + M. Dahlke, Psychologie des blauen Dunstes

[42] H. Hess, Rauchen, Geschichte, Geschäfte, Gefahren, Frankfurt 1987)

[43] Nielsen-Werbeforschung S+P, Hamburg

Weltweit ...

- ... raucht jeder dritte Mensch über 15 Jahren. Das sind über 1,2 Milliarden Raucher und Raucherinnen.[44]
- ... werden täglich 15 Milliarden Zigaretten geraucht. Das sind pro Jahr über 5,5 *Billionen* Zigaretten oder rund 1'000 Stück pro Jahr für jeden Erdenbürger, vom Säugling bis zum Greis.[45] Alles zusammengenommen entspricht der hierbei entstehende Rauch dem Ausbruch eines mittleren Vulkans.
- ... waren 1999 infolge Tabakkonsum über 40 Millionen Todesfälle zu bezeichnen.[46]
- ... betragen die rauchbedingten Kosten für die Weltwirtschaft jedes Jahr über 170 Milliarden Dollar.[47]
- ... setzen die drei grössten westlichen Tabakkonzerne (Philip Morris, BAT, JIT) pro Jahr 150 Milliarden Dollar um.
- ... schmieren Tabakkonzerne Politiker und Entscheidungsträger. Alleine in den USA wurden 1997 für einzelne Politiker Spenden im Wert von 35,5 Millionen Dollar verbucht.[48]
- ... erhöhen die Tabakkonzerne – vor allem in den Entwicklungsländern – unter massivsten Anstrengungen den Absatz ihrer Giftstängel.
- ... sagt die WHO darum für das Jahr 2030 eine Sterberate von jährlich 10 Millionen Personen voraus.[49] Sollte dies eintreffen, würden die Todesfälle infolge Tabakkonsum jede andere Einzelkrankheit übersteigen (Malaria und AIDS inbegriffen).
- ... betrachtet die WHO den Tabak als Sonderfall: „Die Zigarette ist das einzige legale Konsumgut, dass bei der dafür vorgesehenen Verwendung seinen Konsumenten tötet."[50]
- ... haben bereits über 80 Staaten die Vereinbarung der WHO Anti-Tabak-Konvention (Regelung von Werbeverboten, Nichtraucherschutz usw.) unterzeichnet. Die Schweiz mit ihren „industriefreundlichen" Politikern weigerte sich, diesem Abkommen beizutreten.

**Sind all diese Fakten nicht Grund genug, mit dem Rauchen
so schnell wie möglich aufzuhören?**

---

[44] WHO zum Welt-Nichtrauchertag 1997

[45] WHO tobacco atlas, 2002

[46] WHO zum Welt-Nichtrauchertag 1997

[47] WHO zum Welt-Nichtrauchertag 1997

[48] WHO Studie „buying influence", 2001

[49] Tabac et santé: les faits, WHO, Genf, 4/1999

[50] Dr. G.H. Brundtland, Konferenz Tabak und Gesundheit, 11/1999